KB079512

장엄호텔

장엄호텔

마리 르도네 소설

이재룡 옮김

Splendid Hôtel

열림원

대상은 떠났다.

그리고 얼음과 극지의 어둠 속에서 장엄호텔이 세워졌다.

— A.랭보

자크 제로에게

차례

장엄호텔은 할머니가 죽은 뒤부터 더 이상 예전 모습
이 아니다. 쉴 새 없이 변기를 뚫어줘야만 했다. 습기 때문에
벽지가 일어났다. 장엄호텔은 지하수 지반 위에 세워졌다.
그건 할머니의 잘못이다. 누구도 늪지대에 호텔을 지은 적
이 없었다. 자기만의 호텔을 갖는 것, 그건 그녀의 오랜 꿈이
었다. 잘해보자고 한 일이었다. 그녀는 방마다 세면기를 설
치했다. 그 시절 이 지방에선 유일한 것이었다. 그녀는 장엄
호텔을 자랑스럽게 여겼다. 개업 날 찍은 그녀 사진이 있다.

할머니는 지팡이를 짚고 아주 꼿꼿이 서 있다. 마지막 날까지 언제나 멀쩡히 걸어 다녔으니 지팡이는 그저 강한 인상을 주기 위한 것이었다. 사진은 아직도 홀 안에서 좋은 효과를 내고 있다. 그러나 장엄호텔은 그 명성을 잃었다. 언니들은 호텔에만 틀어박혀 살지만 멋쟁이다. 아다는 머리를 염색했고 아델은 아직도 아주 새카만 머리를 지니고 있다. 우리 셋 중에서 내가 제일 젊었지만 가장 나이 들어 보인다. 아다는 화장하는 데 몇 시간씩 보낸다. 그래서 안색이 좋아 보인다. 아무도 그녀가 그토록 병들었다고 말하진 않으리라. 그녀는 항상 병들어 있었다. 자주 기절을 한다. 아델은 아다의 기절한 모습을 차마 보지 못했다. 의식이 깨도록 돌보는 일은 항상 내 몫이다. 깨어난 후에도 그녀는 나를 알아보지 못하는 척했다. 나는 성깔이 없다. 그녀가 그걸 이용해먹는다. 나는 그녀가 부탁하는 건 뭐든지 들어준다. 그녀가 그걸 즐기고 있는 게 확실하다. 그녀는 음식을 타박한다. 혈행장애 때문에 그녀는 온몸에 푸른 반점이 있다. 그녀의 머리

장엄호텔

맡 탁자는 약과 화장품 병으로 그득하다. 그녀는 내가 씻겨 주길 원한다. 역겨운 냄새가 나니 고역이다. 그녀는 일한 적 이라곤 없다. 어머니가 그녀를 돌봐주었지만 이젠 내 차지 다. 난 장엄호텔을 상속받았다. 그러나 그 대가로 언니들의 생계비를 부담한다. 그녀들은 생계비를 받기보다는 호텔에 서 살기를 원했다. 그녀들은 호텔에 살면서 먹고 대접받는 다. 이런 제안은 수락하지 말았어야 했는지 모르겠다. 아다 와 아델은 아주 어렸을 때 어머니와 함께 호텔을 떠났다. 그 녀들은 어머니가 죽기 전까지 호텔에 온 적이 없다. 장엄호 텔을 떠나지 않았던 사람은 오직 나 하나뿐이다. 그러나 일 단 짐을 푼 지금 그녀들은 떠날 생각을 하지 않고 제 안방인 양 산다. 그녀들은 호텔에서 제일 아름다운 방들을 차지하 고서도 장엄호텔의 불편함과 비위생적인 환경을 불평한다. 나는 그녀들에게 휘둘리지 말았어야 했다. 내 노동과 내 호 텔로 그녀들을 먹여 살리는 사람은 바로 나다. 그러나 장엄 호텔로부터 들어오는 돈은 점점 줄고 있다. 보수공사도 해야만 했다. 내겐 그럴 만한 돈이 없다. 할머니는 죽으면서 많은 빚을 남겼다. 그녀는 어음 결제도 끝내지 않았다. 어머니는 할머니의 뜻에 따라 장엄호텔을 내가 상속했으니 그걸 갚아야 할 사람도 바로 나라고 했다. 어머니는 나 혼자 헤쳐나가라고 내버려두었다. 그녀는 언제나 장엄호텔에는 무관심했다. 그 시절만 해도 장엄호텔의 수지 상태는 좋았다. 하지만 내가 번 돈은 몽땅 할머니의 빚을 갚는 데 들어갔다. 할머니는 호텔 값이 오르길 바랐다. 그녀는 철도가 이 지방을 바꿔놓으리라 믿었다. 그러나 철도는 여전히 공사 중이었다. 호텔에는 불리하다. 고객이 바뀌었다. 이젠 더 이상 관광호텔이 아니다. 나는 가격을 내려야만 했다. 어쩔 수 없지 않은가? 할머니는 호텔을 늪지대에 짓지 말았어야 했다. 사람들이 경고했지만 그녀가 고집을 부렸다. 장엄을 꾸려가기가 점점 어렵다. 손님들은 조심성이 없다. 하수관 상태가 좋지 않다. 조금씩 조금씩 장엄은 몰라보게 변해갔다. 로비에 걸린 사진을 보면 같은 호텔이라고 말할 수 없을 정도다. 밤에 네온사인을 켜면 번쩍거리는 장엄호텔이란 간판만 그대로 다. 하지만 나는 할머니만큼 호텔을 잘 꾸려나가기 위해 할 수 있는 모든 걸 다 했다. 나는 내 방도 갖고 있지 않다. 모든 방이 손님을 위해 준비되어 있기를 바랐다. 방이 하나 남으면 거기에 들었다. 장엄이 만원일 때는 내 짐이 정리되어 있는 할머니의 조그만 사무실에서 잔다. 모든 객실의 매트리스는 엉망이다. 속을 갈았어야 했다. 손님들은 잠을 제대로 자지 못했다고 불평이다. 벽을 통해 온갖 소음이 다 들린다. 할머니는 방음 문제를 등한시했다. 칸막이가 너무 얇을 뿐더러 움푹 파이기까지 했다. 세면기는 더욱더 시끄러운 소리를 내고 특히 변기의 수세기가 그렇다. 나는 아다가 필요한 게 없는지 알아보려고 한밤중에 일어난다. 그녀는 입을 벌린 채 잔다. 호흡이 곤란한 것 같다. 번번이 깜짝깜짝 잠에서 깬다. 그녀는 마치 내가 일부러 그녀를 깨웠다는 듯 심술난 표정으로 날 쳐다본다. 그러나 그건 약을 먹이기 위해서다. 그녀는 신장기능이 좋지 않다. 그녀는 마치 병원 생활을 되풀이하는 것 같다고 했다. 그녀는 이 병원 저 병원을 전전했다. 나는 악취를 빼려고 창문을 연다. 자신이 감기에 걸리도록 내가 부러 그런다고 그녀는 생각한다. 그녀는 전보다 기침을 심하게 한다. 복도의 점멸등은 점점 작동을 안 한다. 복도를 걸으며 나는 여기저기 부딪쳤고 나도 아다처럼 퍼렇게 멍이 들었다. 침대에 누운 후에도 나는 다시 잠들지 못했다. 아다 생각을 한다. 그녀의 뺨은 먹은 게 다 어디로 가는지 깊숙이 패어 있다. 그녀에겐 백약이 무효였다. 나는 매일 아침 모든 방의 하수관을 뚫는다. 하수관은 내 노력에도 아랑곳하지 않고 더욱 악화된다. 손님들이 주의하지 않기 때문이다. 그들 때문에 모든 게 조금씩 막혀간다. 아델 방은 밤새도록 불이 켜져 있다. 전기를 낭비하지 말라는 말도 했었다. 불을 켜놓고 밤에 뭘 하는 걸까? 그녀는 밤에는 연기 연습을 하지 않는다. 장엄호텔에 틀어박혀 있었지만 배우의 길을 포기한 건 아니다. 배역을 달라고 극장 감독에게 편지를 쓴다. 그녀는 배우치고는 예쁜 목소리를 지니지 못했다. 그

　　　　　장엄호텔

저 단역만 해보았을 뿐이다. 방에서 혼자 연습했던 큰 역할은 한 번도 해볼 기회가 없었다. 그녀는 무엇보다도 자신의 재능을 잃으면 안 된다고 한다. 그녀 방에는 옛날 무대의상이 가득한 트렁크가 하나 있었다. 내가 내버렸다. 좀이 슬고 벌레가 가득한 진짜 벼룩 둥지였다. 아델은 아다를 보러 올라오는 법이 없다. 내게 그녀의 안부를 물은 적도 없다. 아델은 방에 대해선 불평할 게 없다. 일층에 있는 유일한 방이니까 연기 연습을 하기에 편하다. 그녀는 손님을 불편하게 하진 않는다. 그 방은 하수관도 새것 같다. 그건 할머니 방이었다. 할머니가 죽었을 때 그게 내 방이 될 수도 있었다. 그러나 나는 거기에서 살고 싶지 않았다. 아델이 올 때까지 누구에게도 내주지 않고 비워두었다. 그래서 하수관이 그렇게 좋은 상태로 있는 거다. 하수관을 망가뜨리는 건 손님들이다. 아다 역시 방에 대해 불평할 건 없다. 유일하게 침대가 두 개나 되고 복도 끝에 있는 방을 차지하고 있다. 그들이 장엄호텔에 살았던 어린 시절, 아델과 아다가 함께 쓰던 방이다. 어머니는 나만 혼자 할머니에게 남겨놓고 언니들을 데리고 불쑥 떠나버렸다. 그리곤 다시는 돌아오지 않았다. 어머니는 죽음이 임박했음을 느끼자 아다가 낯설어할까봐 그녀가 예전의 방을 쓰길 원했다. 그러나 아다는 그 방을 기억조차 하지 못한다고 했다. 그 방은 손님들이 좋아하는 방이었기 때문에 그녀가 차지한 게 못내 아쉽다. 아다는 그녀가 어렸을 때 자던 침대에서 잔다. 이제 아다와 아델은 각각 호텔의 끝에서 산다. 아다 침대 옆에 있는 아델의 예전 침대는 비어 있다. 가끔 아다의 병세가 악화되어 곁에 있는 게 필요할 때면 내가 자는 적도 있다. 아다는 밤이면 무서워한다. 병원에서는 항상 머리맡에 간호사가 대기하고 있었다. 어머니가 그걸 원했다. 어머니가 웃돈을 냈다. 할머니의 뒤를 이어 어머니는 언제나 가장 비싼 병원에 아다를 입원시켰다. 어머니는 아다 때문에 파산했고 분에 넘치는 병원비를 대다가 과로로 죽은 것 같다. 아다는 결코 완쾌된 적이 없다. 항상 뭔가를 필요로 했다. 그녀는 만족하는 법이 없다. 장엄에 습기가 많다고 투정만 부린다. 그러나 호텔을 떠나도 딱히 갈 데도 없는 처지인데. 장엄이 늪에 가까이 있는 건 사실이다. 더위에 숨이 턱턱 막힌다. 정원에 나가면 벌써부터 냄새가 난다. 해가 갈수록 냄새는 조금씩 넓게 퍼진다. 할머니 시절엔 사냥꾼들이 들끓었다. 제철이 되면 그들은 호텔에서 하숙을 했다. 정원 한가운데로 흐르는 운하가 늪으로 이어졌다. 장엄은 운하를 통해 늪으로 곧장 이어졌다. 이제 사냥꾼들은 늪을 바꿨다. 이 지역엔 늪이 널려 있다. 나는 쉴 새 없이 모기장을 수선한다. 모기장은 여기저기 찢어졌고 손님들이 모기 때문에 불평을 늘어놓는다. 아다는 한쪽 눈을 모기에 물렸다고 한다. 눈이 퉁퉁 부었다. 뿌옇게 보인다고 한다. 하지만 그건 그녀의 생각처럼 모기에 물린 탓이 아닐 것이다. 그녀의 다른 문제들과 마찬가지로 속으로부터 오는 병이리라. 모기장은 점점 모기에 대해 무력해져갔다. 이 더위가 아다에겐 나쁘다. 그녀의 현기증은 더 빈번해진다. 땀 때문에 체취도 더 역겨워졌다. 그녀는 화장이 지워진다고 투덜거린다.

나는 그녀 이마에 찬 물수건을 대준다. 가까이 있는 늪과 특히 그 후텁지근한 열기가 그녀의 신경을 곤두세운다. 아다는 늪을 증오한다. 어머니는 대지를 매입하면서 그런 생각을 못 했다고 할머니를 비난했다. 그녀는 할머니 때문에 아다가 병들었다고 생각했다. 그러나 장엄호텔을 멀리했어도 아다의 병은 낫지 않았다. 어머니가 믿었던 것처럼 아다의 병이 늪 때문에 생긴 건 아니다. 지금은 정원 한가운데까지 질펀해졌지만 할머니 시절엔 그렇지 않았다는 것이 늪과 무관하다는 증거다. 정원사가 가장 아름다운 관목을 자라게 했던 곳도 바로 그 자리였다. 할머니의 정원사가 죽은 지도 오래다. 정원은 한심한 지경에 있다. 이젠 정원도 아니다. 할머니는 늪을 잘 알고 있었다. 나도 잘 알고 아델에게도 가르쳐주었다. 아델도 늪을 좋아했다. 그러나 그녀는 연극을 잊지 못한다. 그녀는 편지의 답을 기다린다. 배역을 얻는 걸 포기하지 않는다. 자신이 배우로서의 생명이 끝났음을 믿으려 들지 않는 것이다. 아마도 진정한 의미에서 시작조차 하지 않았기 때문일 것이다. 그녀는 연기 수업을 받지 않았다. 아마 그것 때문에 역다운 역을 맡아보지 못했을 것이다. 그게 아다의 생각이다. 아다도 아델 걱정을 한다. 그녀 안부를 내게 묻는다. 어머니에겐 아델이 수심덩어리였다는 말도 한다. 어머니는 아델이 승승장구하길 간절히 원했다는 것이다. 아델의 허리는 꾸부정하다. 허리가 굽는 게 배우에게 좋을 리 없다. 나는 아델의 목소리를 좋아하지 않는다. 그건 여배우의 목소리가 아니다. 그런 목소리로 어떻게 배우를 하겠다고 덤벼들었을까? 아다 목소리는 아름답다. 아델의 역을 맡아야 할 사람은 아다다. 홀에는 피아노가 있다. 할머니가 칠 줄 알았다. 그녀는 항상 같은 멜로디를 쳤다. 노래를 곁들이기 위해 그녀는 내게 노래를 가르치려 했다. 나는 노래를 배우지 못했다. 목소리가 시원치 않다. 아델은 피아노를 칠 줄 안다. 그녀도 할머니와 똑같은 멜로디를 친다. 그녀가 아는 유일한 곡이다. 하지만 피아노를 좋아하진 않는다. 그녀는 음정이 정확하다. 나는 노래하는 그녀 목소리를 좋아한다. 연기 연습을 하느니 노래를 불러야 했다고 하자 그녀는 버럭 화를 냈다. 그 뒤로 그녀는 피아노에 손도 대지 않는다. 싸구려에다가 조율도 안 되었다면서. 할머니는 비싼 피아노니 잘 간수해야 한다고 했다. 피아노는 여전히 홀의 품위를 높여준다. 항상 닫혀 있는 게 유감이다. 할머니는 장엄호텔엔 늘 음악이 있어야 한다고 했다. 그녀가 피아노를 친 것은 그 때문이지 음악을 사랑했기 때문은 아니다. 손님들이 좋아했다. 당시 호텔은 활기가 넘치고 손님이 들끓었다. 지금은 피아노가 닫혀 있다고 해서 아쉬워하는 손님은 하나도 없다. 손님들은 음악에 관심이 없다. 철도 건설은 천운이다. 늪지대를 우회할 거라고 한다. 손님들은 모두 공사판 사람들이다. 그들은 철도청에서 제공하는 텐트보다는 호텔에서 자길 원한다. 배수가 안 된다고 불평해도 소용없는 것이, 그들에겐 장엄호텔이 구세주다. 나는 그들이 편안하게 지내도록 최선을 다한다. 무엇보다도 하수관에 신경을 썼다. 이런 무더위에서는 배수가 잘되도록 유의해야만 한다. 공사판 사람들

장엄호텔

은 내게 고마워한다. 내게는 손님이 소중하다. 언니들은 그렇지 않다. 언니들이 없어도 나는 잘 살 수 있을 것이다. 나는 그들과 같이 산 적이 없는데 이제 그들이 내 삶과 함께하다니. 어머니가 죽기 얼마 전에 그들을 불러들인 것이다. 내 의견은 묻지도 않고. 자신이 더 이상 돌봐줄 수 없을 때 내가 언니들을 보살피길 바랐던 것이다. 하지만 나는 언니들을 돌보느니 장엄호텔 손님들을 돌보는 게 좋다.

호텔은 매일 밤 만원이다. 날씨는 점점 더워진다. 공사판 사람들은 더위 때문에 늦도록 깨어 있다. 그들은 모기와 늪 냄새에도 불구하고 정원에서 잡담을 한다. 아델이 말동무를 해준다. 그녀는 연극 얘기를 한다. 그들은 극장이라곤 발그림자도 비춘 적 없는 사람들이다. 이토록 관심 깊은 청중이란 아델에겐 굴러온 떡이다. 그녀는 저녁 나들이라도 하는 사람처럼 찍어 바르고 치장을 한다. 가슴이 깊게 팬 드레스를 입는다. 그러나 이제 청춘도 아니고 옷이 날개도 아니다. 그래도 그녀는 거리낌 없이 몸을 드러낸다. 공사판 사람들은 그녀의 약점에도 불구하고 그녀를 좋아하는 것 같다. 그녀는 말재간이 있다. 가장 어린 남자들이 그녀 주위에 몰린다. 그 훈훈한 열기를 그녀는 한껏 만끽한다. 그녀는 정원에서 보내는 긴 저녁 시간을 좋아한다. 그녀는 정원을 좀더 아늑하게 하려고 호텔 주변의 잡초까지 뽑았다. 그러나 모기에게 물어뜯겨 상처투성이가 되었다. 나라면 그처럼 깊게 파인 옷은 입지 않았을 것이다. 그녀는 내가 알지 못하는 어떤 분위기를 풍긴다. 더위 탓에 공사판 사람들은 과음을 일삼았다. 목이 컬컬하다고 했다. 나는 밤늦도록 술 시중을 들었다. 돈이 들어온다. 나야 불평할 까닭이 없다. 아다 약값이 비싸게 든다. 술을 나르지 않을 때는 아다를 보러 올라갔다. 그녀는 더위 때문에 호흡이 곤란했다. 정원에서 두런거리는 소리가 그녀 잠을 방해한다. 나는 그녀에게 부채질을 해준다. 부채질을 멈추자마자 그녀는 다시 바람을 요구한다. 손에 쥐가 났다. 아델은 정원에서 시시덕거려도 나는 자기 옆에서 밤새도록 바람을 일으키는 게 당연하다는 게 아다 생각이다. 아델은 이상한 인간이다. 그녀는 정원을 떠나는 마지막 사람이다. 오지 않는 무엇인가를 기다리는 사람처럼. 낮에 호텔이 비었을 땐 정신 나간 사람 같다. 이리저리 서성거린다. 해가 떨어지면 그녀는 방에 틀어박혀 준비를 한다. 그녀 옷이 헐렁하다. 꺼져 들어가는 빈약한 그녀 앞가슴이 눈에 들어온다. 그녀는 부끄러운 줄 모른다. 나는 보지 않을 수 없다. 그게 그녀를 짜증나게 한다. 그녀가 자러 갈 때면 언제나 그녀 방까지 따라가는 남자가 있다. 의심했어야했다. 아델이 뭘 하건 나완 상관없다. 내가 끼어들 이유가 없다. 공사판 사람들이 내게 말을 거는 것은 마실 걸 달라거나 하수도를 뚫어달라기 위해서이다. 나는 항상 아다 뒷바라지에 묶여 있다. 그녀는 호텔 사람 모두가 정원에 있는데 혼자 방에 있는 걸 참지 못한다. 그녀 몸은 축축하다. 내가 씻겨줘야 한다. 그녀는 희고 물컹한 피부를 지녔다. 나는 아다 피부가 싫다. 나는 통풍을 위해 그녀 방문을 열어놓는다. 나는 언

니들과 닮은 데가 없다. 아다는 언제나 아델 얘기를 하고, 아
델은 공사판 사람들을 위해 정원에서 연주를 시작했다. 그
들은 조용히 듣고는 박수를 보낸다. 아델은 장엄에 있으면
서도 자신이 무대 위에 있다고 믿는다. 아다도 자기 방에서
아델의 연주를 엿듣는다. 더 이상 저녁에 심심해하지 않는
다. 아델이 연주를 끝내면 아다는 호흡 장애를 느낀다. 그럴
때마다 더럭 겁이 난다. 약도 그녀에겐 소용없다. 나는 더위
가 싫다. 악취를 풍기는 이 더위에 나는 속수무책이다.

  나는 장엄호텔을 떠난 적이 없다. 언니들은 어머니와
함께 많은 여행을 했다. 아델 말로는 어머니는 한군데에 머
물지 않았다고 한다. 어머니는 호텔에서 피아노 반주에 맞
춰 노래를 불렀다. 그녀는 손님들 사이에서 인기도 있었다.
아델은 더욱 수다스러워져서 속내를 털어놓을 욕구를 느낀
다. 왜 할머니는 어머니가 호텔에서 노래한다는 말을 내게
하지 않았는지 모르겠다. 그녀는 내가 태어나기 전에는 이

장엄호텔

장엄호텔에서 노래했다. 할머니가 피아노 반주를 했다. 아델은 어머니가 성악공부를 하려고 했는데 장엄호텔에 전심전력하라며 할머니가 반대했다고 한다. 아델은 어머니가 아름다운 목소리를 지녔다고 생각한다. 너무 자주 병에 걸려서 모든 여행에 따라다니지 못한 아다에 비해 아델은 어머니와 함께 지낸 시간이 많았다. 어머니는 매일 아다에게 편지를 보냈다. 어머니가 죽은 후에도 아다가 여전히 살아 있다는 데에 아델은 놀라곤 했다. 어머니가 죽은 지금, 아델은 연극에 투신하고 싶어 한다. 하지만 그녀는 고용처를 찾지 못하고 있다. 그녀는 낙담하지 않고 희망을 갖고 있다. 배역을 얻기 위해 그녀가 쓴 그 많은 편지. 그녀는 결국 답장을 받아내고야 말 거라고 생각한다. 공사판 사람들이 그녀 연주를 들어주는 게 그녀에겐 그나마 행운이다. 그녀에게 자신감을 주기 때문이다. 그녀는 미사여구를 늘어놓으며 무척이나 땀을 흘린다. 가까이서는 차마 볼 수 없다. 제스처도 많이 쓴다. 움직이지 않으면 땀도 덜 흘릴 텐데. 그녀는 기억력이 희미하다. 공사판 사람들은 눈치채지 못하지만, 방안에서 그녀는 여느 때보다도 연기 연습에 열심이다. 하수관을 뚫고 있노라면 그 소리가 들린다. 아다는 건강이 악화되었다. 그녀는 새 약을 복용하고 있다. 기다려봐야겠다. 종기가 생긴 것이다. 열이 떨어지지 않는다. 종기에 의한 염증이 틀림없다. 이런 더위 속에선 모기가 극성이다. 아다가 불평을 한다. 모기장이 완전히 막아주는 건 아니니까. 그러나 그녀가 무슨 말을 하건 간에 종기가 모기 탓은 아니다. 나는 이제 그녀 곁을 거의 뜨지 않는다. 잠도 그녀 침대 옆에 있는, 아델이 어렸을 때 쓰던 침대에서 잔다. 잔다고 표현했지만 빈말에 불과하다. 아다는 잠잘 때조차도 나의 잠을 방해한다. 그녀 병세가 악화될까 두렵다. 공사판 사람들에게 술 시중을 드는 건 아델이 한다. 헌데 그 사람들에게도 열이 났다. 전염병이 도는 것이다. 많은 사람이 열 때문에 일터에 가지 못한다. 공사는 진척되지 않는다. 예기치 않게 일이 꼬인 것이다. 공사란 게 항상 그렇듯. 회사가 조바심을 낸다. 일층 방 파이프에

구멍이 나서 물이 샌다. 방 전체가 샐 거라고 걱정한다. 마치 변기가 막히는 것만으로는 성에 차지 않는다는 듯. 발코니의 목재들이 썩기 시작한다. 조만간 걸어다니기에도 위험할 지경이다. 나는 손님들 앞으로 짧은 경고문을 작성했다. 할머니가 장엄호텔 규칙을 게시했던 홀 안의 게시판에 붙였다. 경고문에 나는 손님들에게 더 이상 발코니에 나가지 말라고 썼고 그렇지 않으면 제대로 된 배수를 보장할 수 없다고 했다. 경고문을 읽은 손님들은 만족한 표정을 짓진 않았다. 하지만 그들도 여기저기 더럽히지 말고 주의를 해야만 한다. 빨랫감이 흰색을 되찾기 위해선 삶는 시간도 점점 길어져야만 했다. 이 전염병은 정말 나쁜 시기에 발생했다. 사람들은 더 이상 저녁을 정원에서 보내지 않는다. 그들은 방으로 올라가 열이 떨어지도록 잠을 청한다. 아델도 열이 있다. 왔다 갔다하는 사람은 나뿐이다. 나는 늪에 익숙해져 있다. 세균은 나를 병들게 하지 못한다. 더위가 꺾이면 모든 게 풀리리라. 기다려야 한다. 매년 똑같았다. 걱정되는 건 전염병이 아니라 장엄호텔이다. 아무리 관리를 해도 소용없고 악화되는 게 눈에 보인다. 할머니는 튼튼한 자재를 쓰지 않았다. 그녀는 배관 시설이 잘못된 것은 보지 못한 채 안락함과 세면기만을 생각했다. 나쁜 점을 돌이키기엔 너무 늦은 지금에서야 장엄은 그 건축상의 문제를 드러내고 있다. 이제 와서 호텔의 원활한 운영에 필요한 위생 상태를 지키기 위해 어찌해야 할지. 아델은 몸이 저려와 더 이상 연기 연습을 하지 않는다. 자신은 다시는 무대에 서지 못할 것이고 이제 끝장이라며 결코 장엄호텔에 오지 말았어야 했는데 호텔로 온 게 자신에겐 치명적이었다고 한다. 그녀는 몰라보게 변했다. 그녀는 아다를 보러 올라가더니 온 호텔에 병을 전염시켰다고 비난한다. 아다는 우울했지만 아델을 나무라진 않는다. 아다는 아델이 투덜거리는 게 일리가 있다고 했다. 손님들이 호텔을 떠나기 시작한다. 빈방이 생긴다. 공사는 중단되었다. 나는 입구에 '빈방 있음'이란 안내문을 걸었다. 밤에는 비가 와 객실을 식혀준다. 더위는 가라앉는다. 아다는 항상 똑같은 꿈을 꾼다. 자신이 아다가 아니라 아델이라는 꿈. 손님들이 계산서를 요구한다. 장엄은 돌연 조용해진다. 그 틈을 타서 나는 객실을 구석구석 청소한다. 정말 그래야만 했다. 공사판 사람들이 호텔을 망가뜨려 놓았다. 떠나도 아쉬울 게 없다. 그들이 장엄호텔을 떠난 게 차라리 낫다.

철도가 완성되려면 아직 멀었다. 공사는 중단되었다. 모든 사람이 떠났다. 노선을 잘못 선정했고 모든 걸 다시 해야 하는 눈치였다. 더위가 단번에 가라앉았다. 아델은 다시 연기 연습을 한다. 아다도 조금씩 거동을 한다. 복도를 돌아다니고 빈방에도 들어간다. 그녀는 시도 때도 없이 마구 먹어댄다. 나는 그녀에게서 음산한 기운을 느낀다. 그녀는 더 이상 약도 복용하지 않는다. 화장품을 마구 낭비한다. 집 안을 어지르며 희열을 느낀다. 몇 번인가 변기에 솜뭉치를 넣는 걸 잡은 적이 있다. 비수기다. 손님들도 뜸하다. 아델이 손님들을 염탐하지만 그들은 본 척도 하지 않는다. 내게도 조금 시간이 났다. 그 짬을 이용해서 늪으로 간다. 늪은 변함이 없다. 늪은 보기보단 훨씬 크다. 길을 잃지 않으려면 잘 알아야만 한다. 언니들은 장엄호텔은 걱정도 하지 않는다. 부서져도 코웃음 친다. 아무 일도 하지 않고 먹고 자는 주제에. 그들은 이곳에서 바캉스, 영원한 바캉스중인 것이다. 나는 그들을 너무 쉽게 살게 해준 것이다. 아델이 정말 진지하게 연기 연습을 하는지 자문해본다. 그러는 척만 하는 건 아닌지. 그녀는 언제나 공사판 근처를 배회한다. 연극보다 철도의 장래가 더 궁금한가보다. 물론 연극에 자기의 미래가 걸려 있다고 자신할 수 없는 처지다. 철도 건설, 그것이 그녀가 가장 즐기는 화제다. 그녀는 내가 호텔 이름을 바꿔 철도호텔이라 불러야 한다고 생각한다. 그렇다고 공사가 재개될 기미도 보이지 않는다. 늪이야말로 관심을 기울일 만하다. 자연의 보고니까. 무한히 개발할 수 있을 것이다. 아다는 병세가 호전된 모양이다. 호텔이 비니까 건강이 호전된다. 항상 늪을 증오했던 그녀가 늪으로 산책을 데리고 가달라고 한다. 나는 늪이 그녀에게 도움이 되리라 생각한다. 아다가 외출을 원하는 건 처음이다. 그러나 그녀는 산책을 하고 나서 실망한다. 늪의 냄새를 견디지 못했다. 어디를 가도 마찬가지란 것이다. 담요를 뒤집어쓰고도 쉴 새 없이 몸을 떤다. 돌아오자마자 그녀는 곧장 자리에 눕는다. 오한이 나기 시작한다. 더운 탕파湯婆를 넣어주어야만 했다. 그것도 그녀 몸을 덥혀주지 못한다. 그녀는 사지가 나무토막 같다며 자신의 병세 악화를 늪 탓으로 돌린다. 다시는 가지 않을 것이다. 이번 산책이 도움이 되지 못했다. 그녀는 다시 자리보전을 한다. 탕파가 식었다는 둥 아무것도 아닌 일로 나를 부른다. 벽난로에 불이 잘 붙지 않는다고 불평한다. 그러나 난로 안에서 타는 장작의 양은 엄청나다. 그녀는 혈액순환이 원만치 못해 사지가 얼어붙는다. 바깥이 갑자기 추워졌다. 항상 이렇듯 찜통 무더위가 끝나면 불쑥 강추위가 찾아온다. 아다는 환절기를 견디지 못한다. 다시 천식이 들었다. 아델은 아다의 기침 소리를 불평한다. 도저히 참을 수 없으며 아다가 호텔을 불편하게 만들어 손님들을 내쫓으려고 일부러 그런다고 한다. 아다의 기침 소리가 장엄 전체에 웅웅 울린다. 아다는 시럽을 먹으면 토한다고 약을 거부한다. 그러자 그녀는 폐병 환자처럼 더욱 기침을 한다. 하지만 폐병이 아니라 치료 거부에 따른 기관지염을 앓고 있을 따름이다. 목재에 칠을 하지 말았어야 했다. 장엄에는 목재가 너무나 많다. 썩은 나무 위에 칠한 새 페인트는 제대로 견디지 못하고 호텔의 전반적인 추한 모습을 드러나게 한다. 벌써 여기저기 균열이 생겼다. 페인트 냄새가 빠지지 않아 손님들이 불평을 한다. 냄새 때문에 머리가 아프다는 거다. 호텔을 건사하는 게 아주 어렵다. 새 건물일 때 장엄에 살았던 할머니에게는 이런 걱정이 없었다. 할머니는 장엄호텔에 살 수 있는 너는 행운아다, 여기서보다 잘 살 순 없을 거다라고 했다. 나도 그 말에 동의했다. 장엄에 사는 게 자랑스러웠다. 손님들은 날 좋아했었다. 시대가 달라졌다. 아델 말이 옳은지도 모른다. 철도가 놓이면 인생이 바뀔 수도 있다. 융자를 얻고 보수공사를 할 용기가 생길지도 모른다. 어쩌면 아델이 원하는 것처럼 장엄의 이름을 바꿔 철도호텔로 부를지도. 그러면 새로운 출발이 되겠지. 아델도 호텔의 장래에 자신이 얽혀 있다고 느끼고 배우의 길을 포기해야만 할 테지. 내가 도움을 필요로 할 테니까. 아델은 틀림없이 손님을 끌 만한 묘안을 무진장 갖고 있을 거다. 공사가 중단된 뒤부터 뜨내기 손님뿐이다. 그들이 호텔을 좋아하지 않는다는 게 대번에 보인다. 그렇지만 호텔은 조용하고 지금은 변기뿐 아니라 모든 게 잘 작동된다. 안락한 호텔인 것이다. 이런 후미진 지방에서는 방마다 수세 시설을 갖춘 호텔에 든다는 것만으로도 뜻밖의 행운으로 이를 감사하게 여겨야 한다. 손님들은 그런 감사를 할 줄 모른다. 그렇지만 나는 그들을 위해 헌신한다. 원하기만 하면 즉시 더운물을 올려다주고 탕파도 준다. 아다의 기침 소리가 손님들을 불편하게 만드는 건 사실이다. 아다가 아래층의 아델 방을 쓰는 게 나을 것이다. 그러나 아다는 그런 말은 들으려고도 하지 않았다. 아다는 이제 자기 방을 참지 못한다. 그렇지만 그 방은 그녀가 어렸을 때

쓰던 방이다. 그녀는 자기도 할머니 방을 쓸 권리가 있으며 이제 자기 차례라고 한다. 그게 그녀의 고정관념이 되어버렸다. 내게 귀가 따갑도록 되풀이한다. 그녀는 아델에게 그 방에 있으라고 부추기는 게 나라고 믿는다. 그녀는 신경이 곤두서 있다. 자기가 죽어서 빈방이 하나 더 생기길 내가 바라고 있다고 그녀는 생각한다. 그녀는 굴뚝으로 연기가 빠지지 않는 벽난로가 서서히 자신을 질식시키므로 자기 방이 건강에 나쁘다고 굳게 믿는다. 그녀에게서 구취가 심하다. 먹는 거라곤 수프와 더운 우유뿐인데 배 속에 뭐가 있길래. 나는 그녀 건강이 나아지고 있다고 믿었다. 더위가 끝나자마자 단번에 병이 낫는다면 그건 너무 꿈 같은 얘기이리라. 장엄호텔의 방들은 모두 비슷비슷하다. 도무지 구별할 수가 없다. 손님들을 차별대우하지 않겠다는 뜻에서 할머니가 이렇게 만든 것이다. 그중 서로 닮지 않은 방이 둘 있었는데 하나는 자신의 방이고 다른 하나는 아다와 아델의 방이었다. 그러나 손님들은 각자의 취향에 맞는 방을 고를 수 있도록 다양한 형태를 원했다. 그것 또한 장엄의 또 다른 불편한 점이다. 나는 오래전부터 각 방을 다른 색으로 칠할 계획을 갖고 있었다. 지금은 각 방을 다시 칠하기엔 너무 늦었다. 가구와 세면기의 지저분한 모습만 돋보이게 할 것이다. 애당초 목재에다 칠을 한 것부터가 잘못이었다. 파이프는 더욱더 녹슬어갔다. 툭 건드리기만 해도 온몸이 더러워지는 일이 빈번하다. 배관공의 말이 맞다. 일정한 간격으로 누수가 일어난다. 지금까지는 피해가 심해지기 일보 직전에 가까스로 막아왔다. 나는 매일 파이프를 유심히 관찰한다. 이제 나도 배관에 일가견이 생겼다. 장엄호텔 같은 곳에선 배관 시설을 고칠 줄 아는 게 생명이다. 물이 샐 때마다 배관공을 부른다면 파산할 것이다.

문득 내가 더 이상 청춘이 아니라는 사실을 깨달았다. 할머니는 끝까지 젊었던 것 같다. 그녀는 멈춘 적이 없었다. 졸도한 할머니를 손님 중 하나가 데려왔을 때 나는 할머니 얼굴을 알아보지 못했다. 그는 이른 아침 늦으로 사냥을 가다가 할머니를 발견한 것이다. 도대체 꽁꽁 얼어붙은 날씨의 그런 시각에 할머니는 혼자서 뭘 하고 있었을까? 할머니는 심장마비를 일으켰던 것이다. 그리곤 의식을 되찾지 못했다. 할머니가 죽었다기보다는 내가 모르는 다른 누군가가 할머니 모습을 차지했다는 느낌이 들었다. 이 생각에서 벗어나기가 무척 힘들었다. 하지만 그녀가 묻힌 묘지에는 분명 그녀 이름이 적힌 비석이 있다. 나는 그 무덤에 한 번도 간 적이 없다. 무덤은 장엄호텔보다 더 비참한 지경에 빠져 있을 것이다. 장엄은 내가 돌봤지만 무덤은 버려져 있으니 말이다. 묘지는 바로 늪 언저리에 있다. 비만 오면 물에 잠겼다. 무덤에 좋을 리 없다. 할머니와 함께 묘지에 갔을 때 나는 모든 무덤이 부서진 걸 보고 기겁했다. 할머니는 정기적으로 자신의 어머니 묘에 갔다. 하지만 할머니가 아무리 묘지를 청소해도 무덤은 속절없이 파괴되어갔다. 아무리 정성을 기울여도 그 아름답던 무덤이 허물어져가는 걸 보고 할머니는 슬퍼했다. 할머니는 장엄호텔처럼 무덤도 새것으로 남기를 원했을 것이다. 다행히 장엄호텔이 있어 그녀에게 위안이 되었다. 그녀는 결코 장엄호텔에 실망한 적이 없었다. 결코. 장엄은 그녀에게 만족만을 주었다. 나도 나 자신을 돌봐야만 할 것이다. 나는 배관 시설 때문에 너무 많이 일한다. 심장이 조금 쇠약해졌다. 계단을 오를 때 느껴진다. 아다 방에 올라가면 숨이 차다. 아델은 내 혈색이 좋지 않다고 한다. 나마저 몸져누우면 누가 그녀를 돌볼 것인가? 그녀는 불쑥 생각이 여기에 미친 게 틀림없다. 내 옷은 낡았다. 나는 할머니 옷을 입는다. 아델은 내가 유행에 뒤떨어졌다고 생각하여 자기 옷을 주려고 했다. 나는 할머니 옷을 입는 게 좋았다. 나는 아델 스타일이 아니다. 극장 주인으로부터 여전히 답장이 없다. 그게 그녀를 슬프게 한다. 그녀는 기계처럼 항상 같은 어조로 연기 연습을 한다. 어떤 때는 똑같은 문장을 열 번씩 되풀이하는 걸 들은 적도 있다. 그녀 자신도 그걸 느끼고 있는지 모르겠다. 그녀는 기대는 덜 했으나 계속해서 답장을 기다린다. 그녀는 연극을 포기할 수 없었다. 더 이상 철도에 대한 믿음도 없다. 잡초들만 다시 무성해진다. 이젠 공사의 흔적도 거의 사라졌다. 마치 아무것도 존재하지 않았다는 듯. 아델은 이제 무엇을 해야 할지 모른다. 장엄호텔에 대해 짜증내고 무엇이고 잘못된 것을 꼬집는 것을 즐거움으로 삼는다. 호텔에 대한 내 관심을 비난한다. 그러니 어떻게 그녀를 내 동업자로 생각할 수 있단 말인가? 아다는 불쌍하다. 그녀에겐 삶 자체가 고행이다. 더 이상 화장할 기력도 없다. 한순간에 늙어버려 나이보다 더 늙어보인다. 아델은 비정하다. 자기 방을 내줄 수도 있을 텐데. 그러면 최소한 유리창을 통해 정원을 내다볼 수는 있을 것이다. 아다는 몸이 퉁퉁 부었고 부종이 생겼다. 그녀가 한꺼번에 삼키는 온갖 약들은 예상치 못할 결과를 빚는다. 그녀는 너무 아픈 나머지더 이상 아델 방을 요구하지 않는다. 그러나 원망은 한다. 묵묵히 증오하기 시작한 것이다. 그녀는 아델이 어머니에게 저질렀던 모든 잘못을 내게 얘기한다. 아델은 자신이 배우의

장엄호텔

길에서 실패한 것을 어머니 탓으로 돌렸다. 어머니는 아델 때문에 슬프게 살았다. 아다는 심지어 어머니가 장엄호텔을 떠난 게 아델 때문이라고 한다. 할머니는 아델이 배우가 되는 걸 용납지 않았을 테고 배우는 아델의 꿈이었으니까. 어머니는 아델을 위해 자신을 희생한 것이다. 아다에 의하면 어머니는 노래하는 걸 좋아하지 않았다. 그녀는 아델의 수업료를 대기 위해 노래를 했건만 아델은 게을렀다. 아다는 심하게 앓았지만 아델에 대한 험담은 변함없었다. 장엄의 손님들에게 내가 자기를 내버리려 한다고 떠든다. 아델보다는 나를 헐뜯는 게 훨씬 쉬우니까. 그녀는 궤양 때문에 약도 먹지 않는다. 그 때문에 몽땅 토하기도 한다. 나는 장엄을 소독해야만 했다. 알지 못하는 사이에 바퀴벌레가 번식한 것이다. 이제 사방에서 소독약 냄새가 난다. 냄새를 빼느라고 창을 열어놓아야만 한다. 얼음장 같은 바람이 들이친다. 나는 찬바람과 소독약 냄새 중 하나를 선택해야만 한다. 엄동설한에 이처럼 바퀴벌레의 대공격이 있기는 처음 있는 일이다.

위생 상태가 완벽했다면 이토록 무수한 바퀴벌레가 출현하
진 않았을 것이다. 아델은 내가 무능력해서 장엄호텔이 이
지경까지 왔노라고 한다. 그녀는 블라인드가 깨져서 무척이
나 화가 나 있다. 낮 동안 어둠이 없으면 살 수 없기 때문이
다. 연기 연습을 위해선 어둠이 필요하다고 한다. 그녀는 장
엄호텔이 그녀의 배우 인생에 악영향을 미쳤으며 자신의 재
능을 파괴했다고 악담을 한다. 그녀는 내게 마음의 상처를
주려 한다. 내가 무능력한 게 사실일까? 그리 낡은 호텔이
아니었는데. 할머니가 죽을 때까지만 해도 호텔은 새것 같
았다. 할머니가 믿었던 것만큼 내게는 호텔을 꾸려나갈 능력
이 없는지도 모른다. 할머니가 내 능력과 힘을 오판했을 수
도 있다. 나는 아델 말에 너무 영향을 받는다. 그녀는 날 기
죽이려고 한다. 내가 호텔에만 몰두한 나머지 자기의 배우
인생에 무관심한 것에 대해 질투한다. 할머니를 이해할 수
있다. 장엄호텔, 그것은 그녀의 삶이었다. 나 역시 장엄호텔
이 없었다면 무엇이 되었을까? 아델 말은 듣지 말아야 한다.

장엄호텔

전기공을 불렀다. 네온사인이 깨져 더 이상 장엄이란 글자가 밤을 밝히지 않는다. 간판은 눈에 잘 띄어 멀리서도 깜박이는 게 보인다. 그게 손님을 끈다. 손님들 대부분이 밤에 오는 것으로 보아 확실하다. 할머니는 안목이 있었다. 잘 보이게 하기 위해 장엄호텔이라고 대문자로 큼직하게 쓴 간판을 지붕 위와 입구 바로 위에 두 개씩이나 붙였다. 멀리서부터 장엄호텔을 알리기 위해선 두 개의 점멸식 네온사인이 필요하다고 생각하여 이를 무척 자랑스럽게 여겼다. 이 지방에서는 유일한 네온사인이다. 전기료가 아무리 들어간다 해도 호텔에서 빼놓을 수 없는 마지막 항목이다. 어둠 속에서 반짝이는 네온사인이 없는 장엄호텔은 더 이상 장엄호텔일 수 없기 때문이다. 글자가 하나씩 깨져 호텔 이름을 짐작지 못했던 때도 있다. 이제는 다시 글자가 빛을 내며 할머니 시절처럼 멀리서도 잘 보인다. 더욱 잘 빛나기 위해 네온도 더 강해져야 했다. 그리고 이전처럼 잘 깜박인다. 밤에는 장엄호텔이 새 건물이라고까지 생각되리라. 네온사인 덕분에 밤에 늦에서 길을 잃을 위험도 없다. 간판은 거의 전면을 밝히고 있다. 그러다 보니 객실은 정말 밤다운 밤이 되는 적이 없다. 블라인드가 깨진 뒤부터는 네온 때문에 손님들이 불편을 겪는다. 그러나 대다수의 손님은 네온사인으로 어렴풋이 밝혀진 방을 더 좋아한다. 늪지대에 있지만 도시 한가운데 있는 느낌을 받을 것이다. 장엄호텔은 항상 밤에 좋은 인상을 준다.

네온사인을 새것으로 간 건 시의적절했다. 늪지대 탐사반이 들이닥친 것이다. 호텔은 만원이 되었다. 탐사반은 철도청에 의해 파견되었다. 무얼 탐사하는지는 몰라도 탐사반이 왔다는 건 좋은 징조다. 사람들이 늪에 관심을 갖는다는 신호이기 때문이다. 혹시 늪에 광맥이 있는지도? 나는 언제나 늪이야말로 무궁무진한 자연의 보고라 생각했다. 그것이 확인만 된다면 철도 부설이 지연될 수 없으리라. 아델은 완전히 딴사람으로 변했다. 탐사반을 즐겁게 해주기 위해 피아노를 친다. 이곳에 도착했을 때 서먹서먹했던 그들에게 아델은 장엄호텔을 제집처럼 느끼게 해주려고 했던 것이다. 나는 각 방에 불을 지폈다. 재수가 없으려니까 배달된 장작의 질도 좋지 않았고 굴뚝도 청소해야 할 것 같았다. 불이 잘 붙지 않아 방안에 연기가 찼다. 모든 걸 하나에서 열까지 미리 예상할 수가 없었다. 동장군의 급습을 받았다. 예년 이맘때에는 이보단 덜 추웠다. 한꺼번에 신경써야 할 일이 너무 많다. 할머니는 어떻게 해냈는지 모르겠다. 나는 물이 제대로 빠지는지 확인했다. 물이 넘칠 위험은 없다. 손님들이 편해야 한다. 일정 기간 동안 단번에 장엄호텔이 만원이 된 것은 행운이다. 탐사원들은 공사판 인부들 같지 않아서 그들보단 훨씬 점잖다. 그들은 미심쩍은 표정으로 호텔에 들어섰다. 다행스럽게도 아델이 있어서 그들을 맞아들일 수 있었다. 그녀는 그들이 신뢰감을 갖게 만들었다. 연극 얘기를 한 것이다. 그것이 탐사반에게 좋은 반응을 얻었으며 그들은 좋은 인상을 갖게 되었다. 그들은 틀림없이 공연장에 가본 적이 있을 것이다. 아다는 모든 사람이 잠든 한밤중에

톡톡히 한몫을 했다. 호텔 전체를 깨우는 바람에 나는 그녀를 진정시키기 위해 밤새도록 간호를 해야만 했다. 이제부터는 매일 밤 그녀 방에서 자야겠다. 그게 그녀가 노린 거니까. 호텔이 만원이면 내가 그녀를 덜 보살피게 되니까 그녀는 그걸 참지 못했다. 탐사반이 장엄에 짐을 푼 이후 그녀는 신경질을 부린다. 나는 그녀를 감시해야만 한다. 객실을 뒤지고 있던 그녀의 덜미를 잡았다. 다행히 그때는 손님이 돌아오지 않은 시각이었다. 어쩔 뻔했는가. 손님들은 짐을 뒤지는 걸 좋아하지 않는다. 아다가 탐사원의 트렁크에서 무얼 찾고자 했는지 모르겠다. 그녀를 타일러보았지만 쇠귀에 경 읽기다. 쉴 새 없이 먹고, 먹는 것마다 거뜬히 소화하는 걸 보니 위장병도 나았나 보다. 그녀 배는 어마어마하게 크다. 화장을 다시 시작했는데 너무 요란해서 어울리지 않는다. 사실 아다는 장엄호텔의 품위를 깎는 짓을 했다. 나라면 엄두도 내지 못했겠지만 아델은 그녀를 방에 넣고 문을 잠가 가두어버렸다. 그러자 그녀는 대번에 잠잠해졌다. 다른 어떤 음모도 꾸미지 말았으면 좋겠다. 그녀가 머릿속에서 무슨 생각을 하는지 도통 모르겠다. 아델은 그녀는 위험하지 않고 단지 어린애처럼 벌을 주면 된다고 한다. 아델은 자신만만했고 특히 요즘 들어 그러하다. 다시 생기가 돌고 상승세를 타고 있다. 손님들이 장엄호텔에 머무르는 게 다 자기 덕분이란 말을 누차 되풀이했다. 손님들 뒷바라지하는 게 나라는 것은 까맣게 잊고 있다. 시트를 자주 갈았고 냄새를 빼려고 물을 끼얹어 방 청소를 한다. 특히 호텔이 만원인 이런 때 내 손으로 해결해야만 하는 하수관 문제는 말할 것도 없다. 탐사원들은 항상 몸을 씻어댄다. 나는 계속 누수 상태를 살펴야만 한다. 아델은 그것을 빈정거린다. 그녀는 피아노 연주로 그들을 즐겁게 하는 일에 몰두해 있다. 아직은 자기가 좋아하는 연기를 보여주겠다는 소리는 하지 않았다. 탐사원들에게는 주눅이 든 모양이다. 그들은 하루 종일 늪에서 산다. 처음 며칠 동안 아델은 그들에게 길 안내를 했다. 이제 그들은 혼자서도 길을 찾아간다. 그들은 설계도, 지도, 그리고 탐사에 필요한 온갖 장비를 잔뜩 갖추고 있다. 그들은 말수가 적다. 조심성이 있는 만큼 까다로운 손님들이다. 나는 그들 시트를 하얗게 유지하기 위해 언제나 빨랫감은 푹푹 삶았다. 시트가 낡아 난처했다. 어떤 부분은 훤히 들여다보인다. 조금만 건드려도 찢어질 것 같다. 좋은 인상을 줄 리 없다. 나는 항상 긴장했다. 분위기는 좋다. 손님들을 불쾌하게 만들고 싶진 않다. 아델이 그것을 용납하지 않을 테니까. 내가 그녀의 말처럼 무능하지 않다는 걸 보여줘야 할 때가 바로 지금이다. 나는 마룻바닥과 가구에 초칠을 했다. 오랜만에 호텔에서 좋은 냄새가 난다. 초 냄새가 구석구석에 퍼졌다. 파이프의 녹도 긁어냈다. 아다는 자기 방에서 조용히 있다. 나는 매일 밤 그녀와 함께 잔다. 그녀는 자면서도 큰 소리로 말한다. 옆방의 손님은 아다가 자면서 시끄럽게 굴어도 불평하지 않는다. 그는 매일 밤 아델의 방으로 가기 때문이다. 나는 잘 수가 없다. 내가 잠이 들자마자 아다는 부시시 일어나 아델과 동침하는 옆방 손님의 빈방 침대로 자러 가기 때문이다. 한밤중에 자기 방으로 돌아온 손님이 자신의 침대에서 아다를 발견하면 어떤 추태가 벌어질까. 나는 편히 자기 위해 열쇠를 손에 꼭 쥐고 자기로 결심했다. 이렇게 하면 아다는 나갈 수 없을 테니까. 그녀는 밤낮으로 방에 갇히게 된 것이다. 그게 유일한 해결책이다.

아델과 동침하던 탐사원이 자기 방으로 돌아갔다. 아델은 여위어갔다. 갑자기 늙어 보이고 주름살이 드러났다. 내 생각으론 탐사원이 아델에게 싫증이 난 것 같다. 그녀도 오랫동안 환상을 품고 있을 순 없었다. 탐사원에게 버림받은 것, 이것이 그녀에게 충격을 준 것 같다. 피아노도 치지 않고 연기 연습도 하지 않는다. 하지만 연습을 하지 않는다면 그녀는 더 이상 연기할 수도 없을 것이다. 다 잊어버릴 테니까. 배역을 잊는 것이야말로 배우에게 가장 치명적이다. 탐사원들은 일찌감치 각자의 방으로 올라간다. 그들은 늪지대에서의 오랜 탐사로 지쳐 돌아온다. 눈자위가 퀭했다. 그들은 환경에 적응하는 데 어려움을 겪는다. 늪이란 그런 거다. 적응하려면 시간이 걸린다. 그들이 딱히 무엇을 찾는지는 나도 모른다. 그들은 말수가 적다. 바쁜 모습들이다. 그들은 철도청에 장문의 보고서를 보낸다. 할머니는 항상 늪을 믿었다. 나는 광맥 같은 건 잘 모른다. 날씨는 점점 추워진다. 늪이 얼어가고 있다. 얼어붙은 늪, 그건 보기 드문 구경거리다. 얼음장이 나날이 두터워진다. 나는 벽난로에 계속해서 장작을 태웠다. 손님들은 추위에 익숙하지 않다. 그들은 방이 그리 따뜻하지 않다고 생각한다. 나는 장작값을 대느라 파산지경에 이르렀다. 방세도 별로 들어오지 않는다. 탐사반이 떠날까 두려워 방값도 올리지 못하겠다. 손님들은 처음보다 덜 친절하다. 그들은 내게 장엄호텔의 나쁜 점을 지적한다. 그들의 요구를 충족시키기 위해 내가 얼마나 애쓰는지는 안중에 없다. 이 시기에는 파이프가 동파될까 걱정된다. 파이프 중 하나라도 터진다면 큰일이다. 방에는 물도 들어가지 않는다. 제대로 건축된 게 하나도 없다. 나는 각 방에 물통을 올려줘야만 한다. 아델은 아무 일도 하려 들지 않는

장엄호텔

다. 자기는 장엄호텔과는 아무 관계도 없다는 거다. 탐사원들이 더 이상 그녀에게 관심을 갖지 않기 때문이다. 그녀는 첫날부터 엉뚱한 생각을 품었다. 지금은 실망한 것이다. 빨리 싫증 내는 것, 그게 그녀의 문제다. 그녀는 탐사원들 앞에서 자신의 배역을 연기하기엔 자신감이 없었던 것이다. 전만큼 자신에 대해 확신을 갖지 못한다. 답장을 기다린 지도 너무 오래됐다. 오후 나절에 아다의 말동무를 해주려고 올라가는 것도 처음 있는 일이다. 무슨 말들을 하는지 모르겠다. 그러나 아다는 아델에 대해 더 이상 원망하지 않는다. 그녀의 비난도 다 잊었다. 나는 단 일 분도 시간을 낼 수 없다. 하루 종일 장작과 물통을 지고 오른다. 사지가 욱신거린다. 버텨내기 위해 아다의 약을 먹었다. 아다는 온갖 약, 심지어 쑤시는 데 먹는 약까지 갖고 있다. 아다가 계속해서 나를 헐뜯고 있는 것으로 보아 아델이 아다에게 내 험담을 한 게 틀림없다. 불행히도 아다 방에 있는 파이프가 터졌다. 침대까지 몽땅 물에 잠겼다. 아다는 얼음장 같은 물속을 걸어다녀야만 했고 감기에 걸렸다. 드디어 올 것이 오고야 말았다. 폐가 악화된 것이다. 이미 앓고 있는 온갖 병을 생각한다면 설상가상인 셈이다. 나는 다시 배관공을 불러야만 했다. 마지막 남은 돈도 날아갔고 배관공에게 빚을 져야만 했다. 파이프가 터진 후부터 방에서 곰팡이 냄새가 난다. 이제는 아다의 기침 소리가 점차 멀리 퍼져 동굴 속에서 웅웅 울리는 기침 소리 같다. 옆방에 있는 손님은 끊임없이 벽을 두드린다. 아다가 운다. 탐사원들은 추위를 견디다 못해 이제 몇 사람만 남았다. 그들은 여전히 장비를 갖고 늪에 간다. 그들이 채취한 견본은 정말 놀라울 정도다. 무엇에 쓰이는지 궁금하다. 늪을 잘 알기 위한 것이겠지. 장작이 거의 떨어졌다. 탐사원들로 인해 돈을 벌긴커녕 손해를 봤다. 추위로 인해 태워버린 장작 탓이다. 아다와 아델은 춥다고 불평한다. 아델은 아다의 기침이 악화된 게 내 탓이라고 비난한다. 언니들을 내게 맡긴 어머니는 선물을 한 게 아니다. 언니들이 저런 건 어머니 잘못이다. 잘못 교육을 시켜 아무 일도 안 하는 데 익숙

장엄호텔

해졌다. 기분이 울적했다. 바람을 쐬고 싶어졌다. 늪으로 산책을 갔다. 추위 때문에 현기증을 느껴 얼음장 위에 넘어졌다. 이마에 가벼운 상처를 입었다. 조그만 상처치곤 피가 많이 났다. 그때의 현기증 이후로 몸이 허약해진 것 같다. 거의 모든 하수관이 막혔다. 탐사원들은 일이 끝나 곧 떠날 거라고 했다. 그들은 떠나게 된 걸 기뻐한다. 머리를 다친 후부터 건강이 좋지 않다. 계단만 올라가도 현기증이 난다. 그리고 계속되는 추위, 나는 파이프 때문에 몸이 떨린다. 변기는 사용이 불가능하다. 나는 미리 물의 공급을 중단해야만 했다. 아다는 가슴이 아프다고 하소연한다. 찜질을 해줬다. 그녀 방에는 온갖 냄새가 섞였다. 그녀는 너무 향수를 뿌린다. 향수 냄새를 참을 수 없다. 방에는 냉기가 돈다. 손님이 하나도 없다. 그러나 매일 저녁 해가 떨어지면 네온사인을 켰다. 날씨가 춥고 손님이 없더라도 장엄호텔은 계속해서 밤을 밝혀야 한다. 아델은 암울한 생각만 한다. 그녀가 내게 나쁜 영향을 미친다. 나나 장엄호텔이나 추위를 견디지 못한다. 이마의 상처가 아물지 않는다. 고름이 흘러 붕대를 매야만 했다. 아다에게만 건강 문제가 있는 건 아니었다. 아델은 보는 이를 불안케 할 정도로 여위어간다. 맞는 옷이 없었다. 그럼에도 불구하고 그녀는 연기 연습에 다시 돌입했다. 그러나 한마디 하곤 말을 끊는다. 그녀 말은 알아들을 수 없다. 극장 주인이 지금 그녀를 부른다면 낭패일 것이다. 신참 배우만도 못하다. 지금 그녀 상태로는 단역조차 할 수 없다. 아다는 추운 날씨인데도 땀을 흘리고 계속 갈증을 느낀다. 혀에는 백태가 끼고 얼굴에 붉은 반점이 돋았다. 그런 것들이 얼굴을 완전히 바꿔놓았다. 장엄은 지저분하다. 이젠 나도 구석구석 청소하지 않는다. 파이프를 주의 깊게 감시했다. 벽 위로 여러 굵기의 관이 통과하고 있다. 문제가 있는 게 당연하다. 파이프들이 미로를 형성하고 있는 것이다. 배관공조차도 알아보지 못한다. 그도 어떻게 이런 식으로 설치했는지 이해하지 못하겠다고 한다.

더 이상 악취가 나지 않는다. 늪이 완전히 얼어붙은 것이다. 아델은 하루 종일 늪으로 사라진다. 광맥을 찾는 거다. 그러나 흔적도 찾지 못한다. 탐사원들은 말수가 적었다. 그들은 전혀 우리에게 귀띔해주지 않았다. 아델은 늪에 대해 기대를 걸진 않는다. 그녀 생각으론 늪이란 개발이 불가능한 곳이다. 그녀는 더 이상 철도 얘기도 꺼내지 않는다. 갑자기 아무것도 믿지 않게 된 것이다. 우울증에 빠졌다. 그건 나이 탓이다. 여배우에게 나이보다 나쁜 것도 없다. 그녀는 자신이 맡지 못했던 모든 배역을 아쉬워한다. 한 번도 이름이 난 적이 없는 그녀. 언제나 그늘 속에 있었다. 장엄호텔에서 생을 끝낸다는 생각이 그녀를 괴롭힌다. 최근 며칠 사이에 그녀는 무척 변했다. 목소리가 갈라지고 몇 시간 동안 거울 속의 자기 모습을 들여다보았다. 눈빛도 공허했다. 기억력도 점점 잃고 있다. 자신을 아다라고 착각한 적도 있다. 곧 죽을 거라고도 한다. 침대 밖으로 나오지 않았다. 아침부터 저녁까지 줄창 커피를 마셨다. 그래서 밤에는 잠을 이루지 못했다. 밤이면 복도를 걸어다닌다. 밤이면 기억이 되살아난다고 한다. 아다는 침착하다. 카드를 뽑아 점을 친다. 장엄호텔의 눈부신 미래를 예언하고 내게도 같은 예언, 장엄호텔 덕분에 돈을 벌 거라 한다. 염색약을 견디지 못해 이젠 머리 염색도 하지 않는다. 나는 언니들과 다른 사람처럼 느껴지는데 그건 아마도 내가 장엄호텔을 떠난 적이 없었기 때문일 것이다. 나는 미래를 생각지 않는다. 중요한 건 현재뿐. 할머니가 옳았다. 연극에 기대할 것이라곤 아무것도 없다. 오직 불행뿐이다. 저런 지경에 빠진 아델을 보면 슬퍼진다. 연극이 그녀를 파괴한 것이다. 그녀가 장엄호텔에 적응하기엔 지금은 너무 늦었다. 호텔이 텅 비면 견디지 못한다. 나는 객실 문을 열쇠로 걸어 잠그고 열쇠 꾸러미를 차고 다닌다. 언니들 머릿속에서 무슨 일이 벌어질지 전혀 알 수 없기 때문이다. 그들을 믿지 않는다. 아다보다 아델이 더욱 미심쩍다. 그녀는 날 염탐한다. 내가 일하고 있는 동안 그녀는 언제나 한구석에서 날 쳐다보고 있다. 난 잘못한 것이 없다.

장엄호텔

아델을 먹여주고 재워줬다. 장엄호텔이 없었더라면 그녀가 뭘 할 수 있었겠는가? 자기 옷에 단추 하나 달 줄 모르는 여자인데. 한파가 엄청난 피해를 남겼다. 제일 심하게 피해를 입은 곳은 지붕이다. 장마철이 되면 무슨 일이 벌어질지는 생각조차 하기 싫다. 지붕 수리는 능력 밖의 일이다. 배관 수리비도 다 주지 못한 처지니. 지붕 상태는 배관 시설보다 훨씬 심각하다. 전기 합선도 있었다. 전구란 전구는 몽땅 끊어지고 호텔이 어둠 속에 빠졌다. 전기공이 왔다. 줄 돈이 없어 빚을 져야만 했다. 배관공, 전기공에게 빚이 있다. 나는 지금 내리막길에 있는 거다. 매일 밤 장엄호텔에 네온사인을 켜고 손님을 기다린다. 그러나 이런 추위 속에선 손님도 뜸하다. 호텔이 좀 더 손님을 환대하는 것처럼 보이게 하기 위해 커튼을 빨았다. 커튼을 여러 번 세탁하는 바람에 빛이 바랬고 색이 희미하다. 나는 공연히 불안해하고 있다. 날씨가 풀리면 곧 손님도 다시 올 것이다. 장엄은 잘 알려져 있다. 예전 같진 않아도 이 지방의 유일한 호텔이다. 할머니는 선구자였다. 아무도 늪 근처에 호텔을 세울 생각을 하지 않았다. 빗나간 계산은 아니었다. 할머니를 비난한 내가 틀렸다. 손님들은 선택의 여지가 없다. 장엄에 머무를 수밖에 없다. 이 지방은 보기보단 인적이 그리 드문 편도 아니다. 그리고 근처에 다른 경쟁 호텔이 있는 것 같은 최악의 경우도 아니다. 손님들이 비교를 하고 다른 호텔로 가겠다고 위협할 수도 있었을 테니까. 파이프에서 시끄러운 소리가 난다. 이유를 모르겠다. 누수는 없다. 아다가 거미에 물렸다. 며칠 전부터 사방에 거미투성이다. 물리면 좋지 않다. 아다가 물린 부위도 온통 곪았다. 그때부터 그녀는 거미 꿈만 꾼다. 두 방에 손님이 들었다. 세일즈맨들이다. 장엄에 세일즈맨이 오지 않은 지 오래되었다. 좋은 징조다. 그들은 일찍 나갔다가 해가 떨어져야 돌아온다. 그들이 돌아왔을 때 모든 것이 정리되어 있도록 나는 하루 종일 그들 방에서 일한다. 그들은 잔소리할 거리가 없다. 세탁하고 다림질할 개인 속옷까지도 내게 맡긴다. 아델은 그들이 인정머리 없다고 생각한다. 아델 스타

일이 아니기 때문이다. 그들은 연극엔 관심이 없고 오직 그들 일에만 열중한다. 나는 그들의 체류를 즐겁게 해주기 위해 노력한다. 그들은 내 배려에 감사하고 내 좋은 점을 인정할 줄 안다. 그들은 장엄호텔을 좋아한다. 그들은 이미 나름대로 익숙해졌다. 그들은 떠날 생각을 하지 않는다. 나에겐 위안이 필요했다. 드디어 장엄을 인정하는 손님이 있는 것이다. 그러나 거미들의 대공격이 있고 물이 얼어붙어 변기가 작동하지 않는다. 손님들은 정원 끝에 있는 정원사의 조그만 별채까지 가야만 한다. 할머니 생전에는 정원사가 별채를 썼다. 그가 새 변기를 쓰는 걸 할머니가 원치 않았고 더욱이 정원사도 자기 별채를 더 좋아했다. 세일즈맨들은 정원을 가로질러 가야만 하는 걸 불평하진 않는다. 하지만 이런 추위에 얼음장 때문에 길이 미끄럽다. 그들은 맑은 공기를 마시게 되었다고 한다. 정말 인생이 뭔지를 아는 너그러운 손님들이다. 아델은 불손하다. 그들에게 말도 건네지 않는다. 그들이야말로 정말 모범적인 손님들이다. 배수관 문제도 자기

일처럼 관심을 갖는다. 그들이 온 후부터 사는 게 즐겁다. 그들이 아다에게 사탕을 주었다. 그녀는 한 번에 다 먹고는 밤새 앓았다. 손님들이 미안해했다. 그 뒤부터 그들은 매일 저녁 그녀에게 밤 인사를 하러 온다. 아다는 방문을 받아 무척 기뻐한다. 그들에게 답례하기 위해 그녀는 카드 점을 쳐준다. 항상 나쁜 카드만 나온다. 다행스럽게도 그들은 미신을 믿지 않는다. 아다는 점쟁이 행세를 한다. 그녀는 백내장 초기에 있다. 글자를 잘 보지 못한다. 그렇지만 그림이나 카드는 잘 본다. 세일즈맨들은 깊은 잠을 잔다. 장엄호텔에서처럼 잘 자본 적이 없다고 한다. 그들은 늦을 좋아한다. 아델은 처음보다도 더욱 그들을 혐오한다. 헐뜯을 궁리만 한다. 내가 그들의 노예가 되었다고 비난한다. 나로선 그들을 만족시키는 것만큼 즐거운 일이 없다. 단지 아델을 즐겁게 해주기 위해 세일즈맨들과 불편한 관계에 빠질 수는 없다. 장엄은 내 것이다. 그들처럼 사려 깊고 조심성 많은 손님은 예외적이다. 그들은 집 안을 더럽히지 않으려고 안에 들어오면서 신을 벗고 걸을 때 소리를 내지 않으려고 덧신을 신는다. 아델은 그들이 무언가 수상하다고 생각한다. 그녀는 악의가 없는 데서만 악의를 본다. 그녀는 목소리가 나오지 않는다. 밤새도록 복도를 서성인다. 걸으며 절뚝거리기 때문에 벽을 짚어야만 한다. 그녀는 더 이상 두 발로 자신을 지탱하지 못한다. 아다는 아델이 이젠 예전의 아델이 아니라 한다.

거미들을 없애는 데 성공했다. 아다도 더 이상 거미 꿈을 꾸지 않는다. 하지만 복통이 생겼다. 내가 씻겨주는 것도 원치 않는다. 방 청소도 거부한다. 세일즈맨들은 더 이상 그녀를 보러 가지 않는다. 그녀 행동을 이해하지 못하는 거다. 어떻게 해야 할지 모르겠다. 아다 방을 저런 꼴로 내버려두면 손님들이 날 이상하게 보겠지. 하지만 그녀의 뜻을 거스를 수 없다. 세일즈맨들은 전염병을 두려워한다. 언니들은 내게 근심거리만 준다. 세일즈맨들의 태도가 돌변했다. 날 더 이상 신임하지 않는다. 아다에게 저렇게 대할 줄은 몰랐

다. 내가 고생하는 것에 대해서도 냉혹하기 그지없다. 그들
태도가 변한 것이다. 마치 하녀 다루듯이 늪에서 진흙투성
이가 된 구두를 닦으라고 내던진다. 방도 일부러 어질러놓
는다. 내가 그들에게 마음 약하다는 점을 알고 이용해먹는
것이다. 그들 방에 먼지 하나라도 없게 치우고 점점 더 지저
분해지는 그들 속옷을 빠느라 하루해가 다 간다. 변기를 뚫
으려고 별짓을 다했다. 그들은 전혀 주의하지 않는다. 그들
은 점점 늦게 돌아온다. 나는 그들이 돌아온 후에야 자리에
든다. 그들은 명령할 일이 있을 때만 내게 말을 건다. 장엄이
자기네들 안방인 줄 안다. 아델은 자기 방에 처박혀 있다. 추
위가 언제쯤이면 물러날까? 그들 요강을 치우는 것도 내 일
이다. 헛간까지 가다가 쓰러져 몽땅 뒤집어쓸까 겁난다. 거
울을 보다가 할머니가 언뜻 떠올라 깜짝 놀랐다. 이게 웬일
인가? 언니들이 내 고생의 근원이다. 그들이 오기 전까지만
해도 장엄은 내게 만족만 주었다. 정신차려야 한다. 아델이
손님들에게 친절하게만 대했더라면 저렇게 돌변하진 않았

을 것이다. 그녀가 그들을 저렇게 극단적으로 만들었다. 언니들에게 수모만 당할 순 없다. 아다의 항의를 무시하고 그녀 방을 청소했다. 그녀 변덕을 모두 들어줄 순 없었다. 아프다고 모든 걸 이해해줄 수도 없다. 세일즈맨들이 떠난다고 했다. 나 역시 차라리 가버리길 바랐다. 방들 중 하나에서 전에 없이 물이 샌다. 물이 솟구쳐 나온다. 배관공이 올 때까지 걸레 뭉치와 가장 커다란 양동이를 받쳐놓아야만 했다. 방 한가운데에 커다란 웅덩이가 생겼다. 흘러넘치면 안 된다. 나는 계속해서 걸레로 물을 빨아냈다. 배관공은 걱정스러운 표정을 짓는다. 누수를 계속 이런 식으로 막을 순 없다고 했다. 배관 시설을 몽땅 갈아야 한다고 한다. 그건 생각할 수 없는 일이란 걸 그는 이해하지 못한다. 파이프를 간다고 내 문제가 해결되는 게 아니다. 호텔 전체를 다시 손봐야 한다. 나에겐 할머니 같은 배짱이 없다. 그리고 나에겐 할머니처럼 상속금이 있는 것도 아니다. 그녀도 유산을 상속하지 않았더라면 장엄호텔을 세울 수 없었을 것이다. 나의 유일한 재산은 장엄이다. 세일즈맨들은 호텔을 떠나면서 트렁크 하나를 남겨놓았다. 그 안에는 좀먹은 옷들이 가득했다. 이번만큼은 아델이 제대로 보았다. 그들은 존중해줄 만한 손님은 아니었다. 호텔에서의 생활이 그들 성격을 바꾸어놓았는지도 모른다. 그리 편안한 생활은 아니다. 그걸 참지 못하는 손님들이 있게 마련이다. 세일즈맨들과의 일이 내게는 교훈이될 것이다.

아델은 세일즈맨에 대한 자신의 충고를 듣지 않았다고 계속 비난을 퍼붓는다. 자기 말을 무시한다는 거다. 정원은 진흙 구덩이가 되어버렸다. 땅이 녹은 것이다. 나는 엄두가 나지 않았다. 정원에서 묻어 들어오는 진흙으로 장엄은 지저분해졌다. 방마다 습기가 찬다. 모기 떼도 다시 돌아왔다. 뜨내기손님만 있다. 그들은 허둥지둥 호텔을 떠난다. 그들은 호텔을 추호도 존중하지 않았다. 모기가 들끓는 이 늪이야말로 최악의 장소라 떠들어댄다. 많은 사람이 늪에서 길을 잃고 헤매다가 호텔에 찾아든다. 낮에는 그들을 인도할 네온사인이 없기 때문이다. 늪을 모르는 자에겐 늪이 위험할 수도 있다. 빠져나오지 못하고 오랫동안 제자리만 뱅뱅 돌 경우도 있다. 이 시기엔 바람까지 분다. 블라인드가 제대로 부착되지 않아 쉴 새 없이 덜거덕거린다. 그게 손님들 신경을 건드린다. 호텔이 이처럼 시끄러운 적도 없었다. 아델은 손님들과 관계를 맺어보려고 애쓴다. 하지만 그녀의 매력이란 것도 예전 같지 않다. 손님들은 다시 철도에 관해 말한다. 그런 소문이 떠돌았다. 아다가 잠시 기운을 되찾았다. 자리에서 일어났다. 묘지에 데려가달라고까지 한다. 할머니의 무덤은 우려했던 대로 완전히 허물어졌다. 다른 무덤들도 지금 상태로선 도저히 구별할 수 없다. 묘지에 물이 꽉 들어찼다. 늪이 침입하고부터 묘지도 늪의 일부가 되어버렸다. 아다는 묘지를 사랑했다. 그녀는 어머니가 할머니와 함께 이곳에 묻히지 않은 것을 안타까워한다. 묘지에 다시 오겠다고 한다. 그토록 중병을 앓았던 사람 같아 보이지 않는다. 갑자기 호텔에 관심을 기울인다. 자신을 쓸모 있는 사람이 되게 하려고 노력한다. 방 청소를 한다. 아델은 아다의 열정에 짜증을 냈다. 그녀는 장엄에서 도망쳤다. 아델이 진흙을 뒤집어쓰고 호텔로 돌아왔다. 늪지대를 뛰어다닐 만한 나이가 아니다. 저렇게 더러운 걸 보니 틀림없이 물구덩이에 빠졌을 것이다. 연극 얘기는 더 이상 꺼내지 않는다. 목이 아프다고 한다. 아다가 조금씩 피아노를 친다. 아다가 피아노를 칠 수 있는 줄은 몰랐다. 한 번도 말한 적이 없었다. 아델만큼 피아노를 쳤지만 노래는 더 잘 부른다. 아델은 아다가 어머니 목소리를 닮았다고 한다. 바깥 날씨가 따뜻하다. 창문을 활짝 열었다. 늪지대의 냄새가 호텔로 스며든다. 나는 침대 시트를 수선한다. 기워야 했기 때문이다. 할머니는 너무 얇은 시트를 샀다. 천장에 둥근 후광이 어른거렸다. 지붕 탓이다. 기와공이 우선 급한 수리만 하러 왔다. 그에게 빚을 졌다. 주의해야만 한다. 청구서는 쌓여가는데 한 푼도 갚지 못하고 있다. 뭔가 수를 내지 않으면 조만간 일이 터질 것이

장엄호텔

다. 장엄에서 나오는 돈으론 겨우 유지보수나 할 정도다. 그렇지만 지붕은 말할 것도 없고 배관 수리비도 갚을 처지가 못 된다. 이미 할머니도 수지타산을 맞추지 못했다. 할머니가 죽은 후에야 나는 빚이 있는 걸 알았다. 빚더미에 빠진 상태이니 돈이 조금 벌린다 해도 장엄호텔은 밑 빠진 독이다. 나도 빚지기는 싫다. 하지만 별다른 뾰족한 수가 없지 않은가? 빚을 지거나 파산하거나 둘 중 하나. 선택의 여지가 없다. 급한 수리는 해야만 한다. 또한 언니들 뒤치다꺼리도 해야만 한다. 방값을 내려야만 했다. 장엄은 가장 싸구려 등급으로 떨어졌다. 늪지대에 전염병이 퍼졌다. 해빙기에는 언제나 있는 전염병이다. 특히 새들이 전염병에 피해를 입는다. 첫 시체를 발견하고 신고한 게 바로 아델이다. 장엄에 좋을리 없다. 손님들은 의심이 많다. 늪에서 점점 많은 새가 죽어간다. 바람이 너무 세차다. 나는 사방에 소독약을 뿌린다. 늪에 이상한 정적이 감돈다. 검역을 위해 늪지대 보호팀이 도착했다. 전염병이 아니라 어떤 범죄자 손에 의한 독극물인 것 같다고 한다. 아다, 아델, 그리고 내가 차례로 조사를 받았다. 그들의 관심을 끌 만한 이야깃거리는 없었다. 수상한 점도 발견하지 못했다. 늪에 독을 풀어 득 보는 사람은 누구일까? 전염병은 항상 있어왔던 건데. 늪이 전염병의 온상이란 건 누구나 아는 사실. 독극물까지 들먹일 필요는 없다. 늪에서 생명체가 사라지고 있는 중이다. 철새들도 다른 늪으로 간다. 아델이 초조해한다. 그녀는 새 때문에 늪을 사랑했다. 새들이 죽거나 떠나버린 지금, 늪은 그녀에게 적대적으로 변했다. 아델은 늪이 변했다고 한다. 장엄이 그녀의 피난처가 되었다. 장엄에 대한 악담이 사라졌다. 그녀가 소독하는 것을 거들어준다. 변기가 이처럼 잘 관리된 적도 없다. 손님들이 불평할 이유가 없다. 손님들이 장엄을 안전한 호텔이라고 느끼게 하기 위해선 그들을 안심시켜야 한다. 늪지대 보호팀 사람들은 걱정스러운 표정을 짓는다. 이 늪이 주변 늪까지 오염시키는 전염병 소굴이 될지도 모르니 늪을 말려버려야 할지도 모른다고 한다. 늪이 말라버리면 장엄호텔은 어찌될 것인가? 하지만 그리 걱정되지 않는다. 그건 틀림없이 공연히 한번 해본 말일 것이다. 늪을 말려버리려면 오랜 시간이 걸린다. 전염병이 사라지면 아무도 다시 거론하지 않을 것이다. 보건 심의관들이 장엄호텔을 검역하러 왔다. 그들은 전염병 때문에 잔뜩 놀란 것이다. 그들은 많은 트집거리를 찾아냈다. 위생 법규가 지켜지지 않았다는 것이다. 심의관이 볼 때는, 그리고 특히 늪에 가까이 있는 것을 고려하면 그건 심각한 것이다. 그렇다고 변기를 갈 수도 없는 노릇이다. 배관 수리만으로도 나는 이미 빚더미에 앉아 있는 형편이다. 심의관이 온 것도 호텔로서는 큰 부담이다. 이게 모두 늪에서 죽은 몇 마리의 새 탓이다. 장엄이 있은 이래 심의관이 온 적이 없다는 점을 생각하면 더욱 그런 생각이 든다. 재수가 없었다. 저들이 장엄호텔에 대한 악선전을 퍼뜨릴 것이다. 그러면 손님들을 더욱 잃게 될 테지. 언니들을 제외하곤 온 세상이 장엄호텔을 죽이려고 음모를 꾸미는 것 같다. 언니들이 협조적으로 나온 건 이번이 처음이다. 아다가 빨래를 맡고 아델이 손님을 맞이하고 난 변기를 담당한다. 장엄호텔을 짓누르는 위협으로부터 호텔을 구하기 위해 뭉친 것이다. 불행의 새들과 악담을 침묵시켜야만 한다. 아다와 아델은 손님의 여흥을 위해 저녁마다 미니 콘서트를 연다. 그들은 장엄호텔의 이익이 곧 자신의 이익임을 깨달은 것이다. 손님들은 이러한 활기찬 분위기에 만족한다. 아다는 몰라보게 변했다. 나는 한때 병마에서 벗어난 그녀를 보리라는 희망을 버렸는데 이제 그녀는 내리막길을 거슬러 올라온 것이다. 장엄이 완전히 죽은 것은 아니다. 언니들에게 젊음을 찾아주지 않았는가. 그들은 다시 애교스러워졌다. 손님들은 그녀들 나이에도 불구하고 그녀들에게서 어떤 매력을 발견한다. 이렇게 계속된다면 장엄은 다시 숙소로서의 면모를 되찾을 것이다. 이제 늪 얘기는 꺼내지도 않는다. 모든 게 정상으로 되돌아온 듯하다. 기온은 온화하다. 해빙이 끝난 직후가 연중 가장 좋은 날씨다. 화초가 다시 자라기 시작한다. 아델은 정원을 돌본다. 꽃을 심기도 한다. 나는 책상 위에 쌓이는 청구서는 잊기로 했다. 언니들에겐 그것에 관해서 말도 하지 않았다. 지금은 빚 얘기를 꺼내 그들의 사기를 꺾을 때가 아니다. 아델은 마침내 축음기를 다시 돌아가게 고쳤다. 그녀는 할머니의 판을 돌렸다. 아침부터 저녁까지 음악이 있다. 어렵던 시절은 모두 잊었다. 언니들이 자랑스럽다. 언니들이 없었다면 장엄호텔을 되살리지 못했을 것이다. 나는 피아노 소리보단 축음기 음악이 더 좋다. 손님들도 흥겨워한다. 새들이 늪에 돌아왔다.

장엄호텔이 되살아난다. 지금이 가장 아름다운 계절이다. 바람도 거의 잦아들었다. 안에서나 밖에서나 모두 좋았다. 아델은 정원을 가꾼다. 호텔 전면에는 온통 꽃 천지다. 발코니까지도 꽃이다. 좋은 착상이다. 장엄이 다시 젊어진 것 같다. 꽃이 목재의 썩은 부분을 가려주기 때문이다. 목재가 어느 지경인지 알 정도로 장엄을 꿰뚫고 있는 사람은 나뿐이다. 목재가 또 다른 병에 걸렸는지 점점 심하게 썩어든다. 동시에 수천 개의 미세한 구멍이 나타난 것이다. 할머니는 전면을 목재로 만들지 말았어야 했다. 할머니는 사진첩에서 식민지식 건물을 보고 감탄한 나머지 장엄을 그와 비슷하게 짓기를 바랐다. 그러나 목재의 질이 나빴고 이러한 늪지대엔 적합지 않았다. 목재에 생기는 병과 싸우면서 나는 온갖 약품을 다 써보았지만 헛수고였고 약에 버티는 병균이 있었다. 이번엔 정말 불안하다. 나무가 여기저기 너무 삭아서 스펀지처럼 뚫린 구멍들에 손가락 하나가 들어갈 정도다. 지금처럼 배관 시설을 계속 수리하는 것도 좋은 일이지만 파이프를 지탱하고 있는 대들보가 버텨줘야 한다. 아다는 자주 묘지에 간다. 그녀는 무덤을 벌초하고 다시 세우리라 다짐하고 있는 터다. 묘지에 쏟고 있는 그녀의 관심을 이해할 수 없다. 내게 할머니에 관해 묻고 사진을 들여다보곤 한다. 그녀는 헤어스타일도 할머니처럼 한다. 무덤에 그리 자주 가지 말아야 했다. 거긴 늪지대다. 발이 물에 젖어 돌아오곤 한다. 고무는 불결한 거라는 핑계를 대며 장화를 신지

장엄호텔

않는다. 그녀는 무덤에 꽂으려고 아델이 가꾼 정원의 꽃을 꺾는다. 아델은 아다에게 화를 냈다. 나도 아델 편을 들었다. 꽃은 무덤보다는 장엄에 더 필요하다. 아다를 빼놓고는 누구도 묘지에 가지 않는다. 이제 다시 꽃 피길 기다려야 한다. 제일 아늑한 시간은 축음기에 판을 거는 저녁이다. 아다가 노래하고 아델이 피아노로 반주한다. 이제는 너무 늦었고, 자신도 너무 늙었다며 아델은 연극을 완전히 포기했음을 선언했다. 그런데 그녀는 얼마 전 그녀가 보낸 편지에 대한 최초의 답장을 받았다. 극단주가 보낸 것이었다. 대사 없는 단역을 제안한 것이다. 무대 한구석에서 관중을 등지고 꼼짝하지 않고 앉아 있어야 하는 역이었다. 그녀는 이 배역에 대해 오랫동안 고심했다. 자기에게 제안된 역 중에서 가장 아름다운 역이지만 무대를 떠난 지 너무 오래인지라 이제는 더이상 연기를 할 수 없다고 했다. 그녀는 거절의 편지를 썼다. 아다는 아델이 기회를 이용할 줄 모르며 자신에게 적합한 배역을 제안하면 항상 이렇게 해왔고 그래서 배우 인생이 실패한 것이라고 말했다. 아다는 아델을 이해하지 못한다. 그녀는 인정머리가 없다. 아델은 아다의 그런 태도에 괴로워한다. 아다는 전혀 그런 티를 내지 않으면서도 아델을 묵살해버리는 행동을 한다. 아델은 아다 앞에서 자신을 지워버린다. 아다가 이긴다. 언니들을 모르겠다고 한 내 말은 맞는 말이다. 그들 행동에 나는 항상 놀라곤 한다. 전혀 익숙해질 수 없는 언니들. 그들은 날 따돌린다. 내 의견은 묻지도 않고 이제 언니들, 그중에서도 특히 아다가 주도권을 쥐고 있다. 하지만 온갖 걱정을 다 하고 모든 걸 돌보며 호텔을 책임지고 있는 사람은 바로 나다. 아다와 아델은 시시각각 다가오는 위협은 보지 못하고 꿈속에서 살고 있다. 나는 그들 삶이 쾌적하도록 모든 노력을 기울였는데 이게 보답이란 말인가. 내 존재가 자신들을 불편하게 만든다는 것을 내게 느끼게 하려고 갖은 짓을 다한다. 어느 방 하나의 변기가 막히자마자 그들은 변기를 어느 정도나마 쓸 수 있도록 하기 위한 나의 노력은 아랑곳하지 않고 기다렸다는 듯 비난을 퍼붓는다. 나도 그들처럼 노력을 게을리하고 손님들 비위나 맞추려 했다면 변기는 벌써 넘쳐흘러 손님들은 기겁을 하고 짐을 꾸려 장엄을 떠났을 것이다. 그들은 내 공로를 인정해야만한다. 그들이 호텔에 온 후부터 나는 혼자라는 느낌이 든다. 장엄이 내 손에 달렸다는 걸 아는 손님은 하나도 없다. 언니들은 항상 좋은 역할만 맡는다. 내가 관심을 기울이지 않았다면 장엄은 쥐들이 몽땅 갉아먹었을 것이다. 쥐들은 도적떼처럼 어느 날 갑자기 들이닥쳤다. 나는 구석구석에 쥐약을 놓아야만 했다. 쥐라고는 눈뜨고 처다보지도 못했던 내가 쥐를 치우느라 고역을 치렀다. 나는 언니들처럼 기분이 좋을 수 없었다. 우울하기만 하다. 모든 게 불안하다. 어떻게 빚을 갚을 수 있을까? 수입이 있어봤자 그것으로는 턱도 없다. 비가 오기 시작한다. 예상했던 대로 지붕은 제대로 버티지 못한다. 다락은 대야로 가득했고 규칙적으로 갈아줘야만한다. 기적적으로 아직 방에까지는 물이 떨어지지 않는다. 정원이 넘치기 시작한다. 비가 오면 항상 이 모양이다. 아델이 울상이다. 아다가 아델 방을 차지하기로 작정했기 때문이다. 아다가 오랫동안 그 방을 노리다가 이사를 한 것이기에 아델은 아다 방을 써야만 했다. 명령하는 사람은 아다이고 아델은 복종할 따름이다. 아델이 연극을 포기한 건 잘못이었다. 불면증이 생긴 거다. 아다 방에선 숨을 쉴 수 없다고 한다. 나는 기와공을 불러야 했다. 걱정했던 일이 터지고야 말았다. 아델이 있는 방이 빗물로 홍수가 났다. 기와공이 외상일은 해주려 하지 않는다. 나는 피아노와 가구를 팔아야만 했다. 몇 푼 건지지도 못했다. 청구서를 갚는 데도 충분치 못했다. 피아노나 가구는 아무런 값어치도 나가지 않았다. 그러나 기와공은 선금만으로 충분하다고 여겼다. 피아노를 판 것이 아다와 아델에겐 혹독한 시련이다. 그들은 자기들이 피아노 치는 걸 시샘하여 일부러 팔아치웠다고 내게 비난을 퍼붓는다. 그들은 갑자기 심사가 뒤틀려 온갖 일에 날 의심한다. 더욱 불행한 것은 그들끼리도 서로 의심한다는 것이다. 아델은 자기 방을 차지한 아다를 용서하지 못한다. 아다

장엄호텔

는 할머니 방에 실망했다. 일층에는 너무 습기가 많다는 거다. 그녀는 류머티즘에 걸려서 할머니의 지팡이를 짚고 다녔다. 관절이 모두 퉁퉁 부었다. 손님도 뜸하다. 아다는 더 이상 묘지에 갈 수 없게 되었다. 묘지를 그리워한다. 묘지는 완전히 물에 잠겼고 무덤들은 물속으로 사라졌다. 아다는 뭔가를 예감한다. 아델은 기운을 되찾았다. 아다는 장엄도 무덤처럼 물에 잠길까 두려워한다. 아델은 자기가 늪에서 길을 잃은 것처럼 믿게 하여 아다를 불안케 하기 위해 일부러 산책을 오래 한다. 아델은 아다에게 겁을 주며 즐거워한다. 장엄호텔은 이제 거의 완전히 물에 포위당했다. 손님들이 다닐 만큼만 마른 땅이 있을 뿐이다. 쉴 새 없이 비가 온다. 목재에 좋을 리 없다. 나도 아다처럼 류머티즘에 걸렸다. 가구들이 팔려나간 객실은 텅 비었다. 손님들이 옷을 걸 수 있도록 임시 옷걸이를 놓았지만 장롱과 같을 수 없어 뭔가 빈 듯한 게 눈에 확 들어온다. 전기도 끊겼다. 초를 켜 밝힌다. 네온사인도 고장이다. 장엄이 더 이상 존재하지 않는 것 같다.

홍수가 나면 여지없이 전기가 끊기는 게 상례다. 가끔 있는 손님들은 벼룩 때문에 불평을 한다. 소독약을 뿌렸지만 장마철만 되면 벼룩이 찾아온다. 류머티즘에 걸린 탓에 조금은 될 대로 돼라 했던 것도 인정한다. 다시 악취도 나기 시작한다. 손님들은 문턱을 넘기 전에 잠시 주춤거린다. 다른 곳에 잘 만한 곳이 있는 게 확실했다면 떠나버렸을 것이다. 늪지대에서 별을 보고 자는 것보다는 장엄호텔에서 자는 게 그래도 나으니까 마지못해 있는 거다. 언니들은 장엄에 활기를 불어넣는 걸 포기했다. 그들은 방 문제, 늪 문제, 호텔 문제로 말다툼하며 소일한다. 나는 누구 편도 들지 않는다. 내게도 안정이 필요했다. 다시 철도 얘기가 돈다. 장마가 끝나면 공사가 재개될 것 같다. 놀라운 것은 새로 결정된 철도 노선이다. 가장 직선코스인 늪을 가로지른다는 것이다. 철도로 두 동강 난 늪을 상상하기 힘들다. 장엄이 바로 그 옆에 서게된다. 화제는 이제 새 노선으로 집중되었다. 나는 항상 철도는 늪을 돌아가리라 생각했는데 이제 가로지른다는 소문이

장엄호텔

있는 것이다. 아델도 나만큼이나 충격을 받았다.

　　기와공이 일을 엉터리로 했거나, 아니면 비가 너무 심하게 내린 탓이다. 아델 침대 바로 위로 물길이 난 것이다. 그 때문에 그녀는 한밤중에 깼다. 아델은 전신이 흠뻑 젖었다. 나는 아델에게 잠자리를 바꿔 아다 방에서 자라고 제안했다. 할머니 방을 차지한 지금 자기 침대로 돌아갈 아다가 아니었다. 아델도 내 말은 들은 척도 하지 않았다. 그녀 생각엔 이런 일이 생긴 것은 자기 방을 빼앗은 아다 탓이다. 그녀는 물길을 피해 침대를 창가로 밀었다. 웅덩이가 생겨서 마룻바닥을 적시지 않기 위해 커다란 대야를 받쳐놔야만 했다. 비가 그치지 않자 아델은 하루 종일 대야를 감시하다가 물이 가득 차면 내다 비웠다. 설상가상으로 변기까지 막혔다. 아델은 옆방으로 가 대얏물을 버려야만 했다. 방에 있던 손님은 프라이버시를 침해한다고 아델에게 욕을 했다. 손님 방에 물을 흘리고 다니다니 도대체 악순환의 연속이다. 그녀에겐 대야가 너무 무거웠고 더구나 그녀는 항상 대야에 물이 넘칠 때까지 기다렸다. 바닥을 닦아내고 손님의 비난을 들어야 하는 것은 나였다. 아델은 손님 방에 들어가는 기회를 틈타 그와 어떤 관계를 맺어보려고 한다. 손님이 듣건 말건 그녀에겐 속내를 털어놓을 대상이 필요했다. 이러한 아델의 뻔뻔스러움과 손님들의 사생활에 끼어드는 몰염치 때문에 나는 손님을 잃었다. 아델은 고독을 참지 못한다. 그녀에겐 손님이 세상과의 유일한 접촉이다. 그녀는 만날 때마다 그들에게 연극계 소식을 물었다. 이에 대답할 만한 손님은 하나도 없었다. 그녀는 그들이 일부러 모른 척한다고 악담을 해대지만 실은 그들은 그저 무식할 따름이다. 그녀는 장엄에 드나드는 손님의 질이 떨어진다고 생각한다. 그녀는 자신에게 제안된 배역을 다시 생각한다. 나는 연기 연습을 하는 소리는 두 번 다시 듣고 싶지 않다. 그녀는 연습이란 필요 없을 뿐 아니라 잘못된 관행이며 가장 좋은 배역은 대사가 없다고 한다. 아다에게 얼굴 아래를 찡그리는 버릇이 생겼다. 하필 이런 때 그런 버릇이 생긴 것이 그녀에게 득이 될

리 없다. 관절이 붓는 류머티즘에다가 이젠 그런 버릇까지 생겼으니 반신불수나 다름없다. 아델은 연기란 예전에 그녀가 항상 그랬듯이 악만 쓴다고 되는 게 아님을 불현듯 깨달았다. 자신의 배우로서의 인생이 실패한 원인은 이러한 착각에 있었다고 생각한 것이다. 이러한 갑작스럽고 뒤늦은 깨달음이 그녀를 뒤바꿔놓았다. 그녀는 오만하고 고고한 태도를 취한 것이다. 우리를 위에서 내려다본다. 하지만 우리를 그렇게 오랫동안 볼 수 없었던 것은 그녀에게 전신을 사로잡는 급성 신경통이 있었기 때문이다. 그녀 얼굴이 고통으로 일그러졌다. 통증을 사라지게 하려고 사방으로 걸어다닌다. 아다는 아델의 신경통을 무척 즐거워한다. 그 때문에 안면 찡그리는 버릇을 잊곤 한다. 대야가 넘쳐흐른다. 기와공은 죽었는지 감감무소식이다. 계속해서 편지를 보내도 답장하지 않는다. 선불을 원하는 것이다. 그가 관심을 갖는 건 오로지 돈뿐이다. 새로 지붕을 고치기 위해서 어떤 걸 팔아야 할까? 나는 아델에게 그녀의 여우털 코트를 팔자고 했다. 어쨌든 물이 새는 건 그녀 방이니까. 그녀는 어머니가 물려준 여우털 코트와 헤어지느니 비 새는 방에서 살겠다고 대꾸했다. 아다는 아델의 여우털 코트는 어머니가 물려준 게 아니라고 한다. 어머니는 여우털 코트를 가져본 적이 없으며 돈이란 돈은 아델에게 배역이 없던 시절 아델 뒷바라지하는 데 몽땅 썼다고 한다. 아델은 아다가 거짓말쟁이이며 어머니가 번 돈은 아다의 호사스러운 병원 생활비로 다 쓰였다고 했다. 아무튼 아델은 여우털 코트를 갖고 있어봐야 별로 입지도 않는다. 털은 다 빠지고 색도 바랬고 여기저기 좀도 슬었다. 값이 나갈 리 없으니 기와 빚을 치르는 데도 충분치 않을 것이다. 그렇다면 뭘 팔 수 있을까? 장엄에 값나가는 물건이라곤 없다. 아델은 물속에서 살아야만 한다. 장마는 곧 그칠 것이다. 더 심각한 건 천장이다. 석회 천장이 떨어지면서 사방에 먼지를 날렸다. 아델은 그 방은 살 곳이 못 된다고 불평한다. 그녀는 자신의 불행을 손님들에게 하소연한다. 심지어 얼마나 낡았는지 눈으로 보라며 방에 끌어들이기까지 한다. 어떻게 기와공을 오도록 해야 할지 모르겠다. 도대체 꿈쩍도 하지 않는다. 다행히도 배관공은 그 사람보다는 인간적이다. 배관 시설을 수리하고 돈을 받지 못했는데도 이해심을 보였다. 그도 할 말이 많을 것이다. 그에게 얼마나 빚을 졌는지 알고 싶지 않다. 그 사람이야말로 장엄호텔의 구원자다. 그가 없었더라면 이미 오래전부터 변기도 없어졌을 것이다. 손님들은 요즘처럼 정원이 진흙탕일 때면 이를 가로질러 별채까지 가면서 투덜거린다. 손님 하나가 흙탕 속에 거꾸로 넘어진 적도 있었다. 그리곤 진흙투성이가 되어 별채에서 들어온다. 어떤 사람은 병에 걸리기도 했다. 장엄이 손님을 병들게 한다면 그야말로 끝장이다. 다행히도 마음 착한 배관공이 있다. 그의 아버지도 우리 할머니의 배관공이었다. 아마도 그 때문에 그가 이해심을 보이는지도 모른다. 아무튼 배관은 가장 골칫거리면서도 가장 고장이 덜한 부분이다. 그런데 지붕은 해결될 기미가 없다. 대들보도 불안한 상태인데 이 모두가 일을 거부하는 기와공 때문이다. 모든 게 대들보에 얹혀 있다는 생각을 하면 소름이 끼친다. 더욱 심각한 낭패를 발견할까 두려워 다락에 올라갈 엄두도 못 내고 있다. 얼마나 모든 게 덧없는가를 깨달았다. 장엄호텔은 난공불락이라 믿었다. 아주 튼튼하게 지었기 때문이다. 내가 착각했다. 할머니야 호시절을 살다 갔다. 할머니는 그녀가 원하던 그런 모습의 호텔을 가졌다. 자신이 시도했던 모든 걸 이룬 것이다. 그녀를 슬프게 했던 것은 묘지 상태뿐이었다. 비가 오면서부터 할머니 무덤이 두 동강이 났다. 한쪽은 물에 잠겼고 나머지는 서서히 주저앉고 있다. 아다의 노력도 별수 없었다. 그녀는 물이 빠지면서 무덤의 일부가 다시 나타나길 기대하고 있다. 그러나 물이 조금 낮아졌어도 무덤은 여전히 물속에 잠겨 있다. 할머니는 무덤을 어떻게 다듬는지 보여주기 위해 항상 나를 공동묘지로 데리고 갔다. 할머니는 자신의 어머니 무덤이 다른 무덤과 같은 운명에 처하는 걸 원치 않았다. 그런데 이제 자신의 무덤이 떠내려간 것이다. 늪이 공동묘지를 삼켜버렸다. 아다는 얼마 후면 늪밖에 없을 테니 무덤들은 흔적도 없을 거라고 한다. 그녀는 류머티즘으로 다리를 절어 지팡이를 짚고 걸었지만 공동묘지에 가는 걸 단념하지 않는다. 눈에 보이는 무덤이 한조각이라도 남아 있는 한 그녀는 묘에 갈 것이다. 할머니 무덤은 난파를 당해 서서히 침몰해가는 배 같다는 것이다. 그녀는 걷는 걸 점점 더 힘들어한다. 공동묘지에 갔다가 호텔까지 오는 데 꼬박 하루가 걸린다. 그녀에겐 중풍 기운도 조금 있었다. 이대로 가다간 머지않아 불구자가 될 것이다. 아다의 류머티즘이 전염성이란 말도 있다. 나도 지팡이를 짚고 다닌다. 아다가 할머니 지팡이를 차지하는 바람에 나는 막대기를 쓴다. 그리 좋은 지팡이는 되지 못했다. 호텔 안에서 두 개의 지팡이가 내는 소음 때문에 손님들이 투덜거린다. 변기를 뚫으려고 몸을 숙이면 류머티즘 때문에 고통스럽다. 손님들이 좀 더 주의를 해야만 할 텐데. 아무리 말해도 그들은 거리낌이 없다. 아델이 그들에게 나쁜 본보기를 보인 탓이다. 그녀는 변기를 쓰레기통 취급한다. 구역질이 날 정도다. 아다는 온몸이 일그러졌다. 갑상선 종양의 초기 증세다. 그럼에도 불구하고 공동묘지에 갔다. 그녀는 이제 계단도 오르지 못한다. 아델은 가는귀가 먹었다. 아다는 아델이 너무 악을 써서 그렇게 된 거라고 생각한다. 아델은 축음기가 비명 소리를 낼 때까지 크게 튼다. 판이란 판은 모두 긁혔다. 손님들도 불평을 한다. 아델은 어깨만 한 번 으쓱할 뿐. 그들이 음악을 들을 줄 모르며 불만이 있다면 가버리면 그만이란 투다. 우리가 살고 장엄을 살리려면 손님이 필요하다는 건 잊고 있다. 아델의 무례와 퉁명을 감싸기 위해 손님들의 하찮은 변덕까지도 들어주려면 나는 몸이 열 개라도 부족할 지경이다. 손님들은 이 점을 악용하는 것이다. 그들은 내가 내쫓지 않으리란 걸 알고 있다. 할머니는 손님을 다룰 줄 알았다. 그녀의 핏속에는 권위가 있었다. 그러나 무엇보다도 그녀는 장엄호텔이 얼마나 인기가 있는가를 알고 있었기 때문이다. 전혀 그럴 만한 처지에 있지 못한 나는 손님들의 명령에 따를 수밖에 없다. 장엄이 바뀐 것이다. 그건 언

장엄호텔

니들 탓이다. 나를 거들기는커녕 부숴버리고 있으니 말이다. 그들은 이 호텔에 이루 헤아릴 수 없는 엄청난 잘못을 저질 렀다. 장엄을 파산시키는 게 그들의 은밀한 속셈이다. 내 편 에 있는 사람은 배관공밖에 없다. 그는 부르자마자 달려왔 고 나는 점점 자주 그를 부르게 되었다. 하수관에서 그 많은 잡동사니가 나온다는 것이 불가사의하다. 그가 없었더라면 어찌되었을까? 그가 갑자기 심장마비를 일으켜 자리보전을 하고 있으니 불안하다. 이때 파이프가 고장나면 낭패다. 파 이프가 모두 녹슬었다. 손가락으로 만져보면 축축이 젖어 있음을 알 수 있다. 파이프가 녹슬었다는 건 좋은 징조는 아 니다. 스펀지처럼 변한 목재나 별 다름없다. 다행히 손님들 은 눈여겨보지 않는다. 그들은 시트가 깨끗한지, 변기의 물 이 잘 빠지는지에만 관심 있다. 나머지는 그들 관심 사항이 아니다. 손님들이 모든 걸 꼼꼼히 본다면 끝장이다. 아마 보 고 싶지도, 알고 싶지도 않을 테지. 잘 자고 편히 쉬고 다시 떠나면 그뿐. 장엄을 불평하면서도 그들은 편안해한다. 장엄은 좋은 위치에 자리 잡았다. 방에서 내려다보이는 전망, 밤이면 물 위에 반사되는 네온사인과 함께 물로 둘러싸인 장엄은 아름다운 풍경이었다. 손님들은 그 진가를 알고 있다. 호텔은 만원이다. 할머니를 공연히 헐뜯었지만 이곳에 장엄을 지은 것은 잘한 일이다. 늪지대에는 호텔이 없었다. 그것에 착안하여 자신의 계획을 끝까지 밀고 나간 할머니가 옳았다. 장엄호텔의 경영 여건이 그녀가 생각했던 것보다 어려운 게 그녀 잘못은 아니다.

아델의 허리가 굽는 건 근육에 문제가 있는 탓인데, 그녀는 근육함몰증에 걸린 것이다. 불치병이라고 한다. 아델은 서서히 몸이 굽어 꾸부정한 채로 살아야만 할 것이다. 그녀는 아다 방에서는 더 이상 살지 못하겠다고 한다. 그녀 생각엔 자신의 병이 방 때문이라는 거다. 그 방을 쓸 때의 아다도 항상 앓았다는 게 그 증거인데 이제는 자기 차례라는 거다. 할머니 방을 쓸 때부터 이미 허리가 굽기 시작했으며 아다도 일 층에 살고부터 건강에 문제가 있음을 잊었나보다. 아다는 점점 거동이 불편해졌다. 계단을 오를 수 없으니 예전 방을 다시 쓸 수도 없는 노릇이다. 아델도 급성 신경통에 걸렸다. 그녀는 몸을 곧추세우려고 코르셋을 했다. 너무 졸라매 가슴을 짓누른 나머지 현기증까지 왔다. 손님들 앞에서 졸도한 적도 있다. 나는 그러면 나쁜 인상을 주니 코르셋을 풀라고 했다. 손님들은 근심 걱정을 털고 즐거운 하룻밤을 보내기 위해 여기 오는 것이다. 이젠 더 이상 예전처럼 언니들 뒤치다꺼리하기도 싫다. 나도 류머티즘 때문에 건강에 이상이 있다. 나도 아다처럼 지팡이 삼아 막대기를 짚고 절뚝거린다. 아델에게 말했다. 이제부터 자기 방 변기 뚫는 일은 자신이 책임지라고. 그러면 좀 더 주의할지도 모른다. 내게는 손님들 방만으로도 벅차니까. 축음기도 내가 빼앗았다. 그게 아델의 전유물일 까닭이 없다. 축음기는 손님들이 원할 때 그들을 위해서만 틀겠다. 장엄은 언니들에 앞서 손님을 위해 있는 것이다. 나도 드디어 할머니와 같은 결단력을 갖게 된 것이다. 언니들이 내게 휘두르는 그 권력, 이제는 그렇게 계속될 수는 없다. 나도 저항해야만 했다. 아델은 내가 무자비하고 냉정하며, 무대 인생에 실패한 사람의 불행이 어떠한지 모르는 사람이라 한다. 어쨌거나 반 쯤 접힌 꼽추 등으로는 다시는 무대에 설 수 없을 것이다. 될 수 있는 대로 침대에서 누워 지내야 하니까. 그녀는 아무것에도 관심이 없다. 여우털 코트를 뒤집어쓰고 산다. 아다가 자기에게 내린 저주를 피하는 중이란 거다. 연극에서 자기에게 걸맞은 큰 배역을 맡지 못한 것이 아다 탓이라 한다. 병원에서 일생을 보내야 했던 아다는 어머니와 함께 살아야 했기에 아델이 어머니와 함께 지내는 것을 눈 뜨고 보질 못했다. 그래서 아다는 아델이 연극계에서 실패하도록 온갖 술수를 다 부렸고, 그리고 성공했다. 이러한 생각이 아델을 괴롭힌다. 아다는 더 이상 아델에 반박할 생각을 하지 않는다. 그녀의 만성 호흡질환이 재발한 것이다. 쉴 새 없이 정원 구석의 별채로 달려간다. 그 안에 있어야만 발작이 멈춘다는 게 그녀의 말이다. 그러나 거기까지 가는 것도 류머티즘 때문에 고통이 뒤따랐다. 별채에도 가지 말았어야 한다. 지난번에 내린 비 이후로 미끄러워진 정원을 가로질러 가는 건 신중치 못하다. 아다는 치료법을 찾았다. 아델은 안중에도 없다. 나이를 먹어가면서 동시에 호텔을 경영한다는 건 고된 일이다. 언니들은 적어도 책임질 일은 없으며 오로지 자기 몸만 보살피면 그뿐이다. 나는 무엇보다도 장엄을 먼저 생각해야 한다. 기와공에게 편지 쓰기를 포기했다. 비는 완전히 멈췄다. 아델의 방도 기거할 만해졌다. 아델은 침대를 예전 자리에 놓고 대야도 치웠다. 그러니 한결 좋아 보인다. 침대를 창가에 놓았을 땐 환기를 할 수 없었다. 이제는 악취를 내쫓고 늪의 공기를 들어오게 할 수 있을 것이다. 마구 넘치는 대야를 감시하느라 방안에 갇혀 있던 그녀에겐 심호흡이 필요했다. 아다는 더 이상 공동묘지에 가지 않는다. 그녀는 겨우 몇 발자국만 디딜 수 있다. 게다가 공동묘지는 더 이상 존재하지 않는다. 몇몇 돌들만이 물 위로 솟아 있지만 머지않아 그것도 사라질 것이다. 공동묘지가 허물어지기 시작한 이상 완전히 함몰되지 말란 법도 없다. 나쁜 지대 위에 아무렇게나 만들어진 묘지였다. 아다는 그런 건 있지도 않았다는 듯 더 이상 공동묘지를 입에 올리지 않는다. 그토록 관심이 많았던 그녀라서 이처럼 빨리 잊으리라곤 상상도 못했다. 사실 그녀는 오로지 자신의 호흡 장애에만 생각이 집중되었다. 왜 저렇게 살이 찌는지 모르겠다. 자신도 이런 갑작스러운 체중 증가가 나쁜 징조라고 했다. 그건 물이 흡수된 살이란 거다. 그것이 숨 가쁘게 하고 심장을 눌러 호흡 장애를 일으킨다는 것이다. 맞는 말인지도 모른다. 병에 대해서는 일가견이 있으니까. 병과 익숙하다 보니 그녀에게 저항력이 생긴 것이다. 나는 그녀에 대해선 걱정이 없다. 이미 그보다 심한 것도 겪은 사람이다. 아델이 거의 아무것도 먹지 않고 있다. 연극에서의 실패로 허물어져가고 있다. 그녀는 자신도, 연극도 전혀 이해하려 들지 않는다고 내게 비난을 퍼붓는다. 내가 오로지 장엄에만 관심을 쏟는 건 사실이다. 정원에 물이 빠지고 나니 장엄의 몰골이 한심하다. 목재 부분에 곰팡이와 푸른 줄무늬가 생겼다. 늪 냄새가 심하다. 나는 영원히 언니들과 함께 살며 나의 힘을 소진할 것이라는 예감이 든다. 배관공은 여전히 심장병에서 헤어나지 못했다. 나 혼자서 누수를 수리하기가 어렵다. 방수처리제만 더 많이 발라야 했다. 습기는 빠질 기미가 없다. 호텔에선 나무 썩는 냄새가 난다. 어떤 제품도 나무의 상태를 지속적으로 개선시키지 못했다. 신제품이란 것은 늘상 임시방편이요 눈가림용이다. 정원은 진흙 구덩이인 채 그대로다. 파리들이 등장하기 시작한다. 손님들에게 집요하게 달려든다. 모기장을 아무리 수선해봐도 헛수고인 것이, 여기를 꿰매면 바로 그 옆이 찢어졌다. 모기장은 기운 자국이 덕지덕지했고 기운 자리는 제대로 남아나지도 못했다. 방들은 파리 떼의 습격을 받았다. 늪은 파리가 우글거리는 파리 소굴이다. 귀가 멍할 정도로 귓가에서 붕붕거린다. 나는 잠을 제대로 자지 못했다. 빈방이 있다. 소독을 한다. 벌레를 쫓기 위해 약을 뿌린다. 아다가 냄새난다고 불평한다. 그녀 폐 속에 물이 찼다. 숨이 막히는 게 당연하다. 그녀는 사는 맛을 잃었다. 그녀의 완쾌, 너무 꿈 같은 일이다. 머리 손질할 기력도 없는 그녀. 아델이 그녀 방을 방문한다. 그녀는 오래된 연재소설이 가득한 할머니의 스크랩을 찾았다. 아델은 아다에게 그걸 읽어준다. 아다가 고마워한다. 그녀는 할머니의 연재소설을 들으며 즐거운 시간을 보낸다. 아델은 잘 읽는다. 아델이 읽는 동안엔 나도 곁에 앉는다. 연재소설에는 우여곡절과 반전이 풍부하다. 아무것도 완전히 내버려진 게 없다. 아델은 좋은 배우는 아닐지 몰라도 훌륭한 낭독자다. 억양을 넣을 줄 안다. 덕분에 기분 좋은 시간을 보냈고 아다는 폐 속에 물이 있다는 사실을 잊었다. 나는 아다와 함께 소설에 관해 얘기한다. 그게 우리 얘깃거리가 되어준다. 아다는 자신의 의견을 제시하지 않은 채 듣고만 있다. 그녀는 원래 내성적이다. 그녀의 갑상선이 부었다. 연재소설을 읽기 위해 셋 모두 할머니 방에 모인다. 벽지가 바랬지만 여전히 아름다운 방이다. 할머니를 닮은 방이다. 아델이 낭독하는 동안 예전 생각이 떠오른다. 그렇다고 할머니가 책을 읽어준 적은 없다. 그녀는 내게 장엄호텔에 관한 말만 했다. 언니들은 할머니처럼 여러 호텔을 알고 있다. 장엄만 알고 있는 사람은 나뿐이다. 언니들은 자신이 알고 있는 호텔에 관해 입 밖에 내지 않았다. 호텔 체험이 그리 기억에 남지 않은 모양이다. 그 체험을 유익하게 사용하지 않았다. 그 점이 할머니와 같지 않다. 할머니의 모든 경험은 장엄호텔을 짓는 데 쓰였다. 나는 배관공에게 편지를 쓴다. 심장병에 걸린 걸 빌미로 내가 빚을 잊었다고 그가 생각하길 원치 않는다. 그가 회복하기까지는 꽤 시간이 걸렸다. 아델은 배관공을 갈아치우라고, 그리고 변기가 거의 언제나 막히는 게 그 사람 탓이라고 한다. 그러나 아델은 험담꾼이고 배관에 대해 아는 게 없다. 지질학자들이 장엄에 짐을 풀었다. 철도청이 보낸 것이다. 이 기관은 막강하여 지방의 모든 것에 손대고 있다. 지질학자들은 늪의 토양 검사를 하고 이곳에 철도 건설이 가능한지를 보러 온 것이다. 탐사반이 실시한 연구가 그리 시원치 않았던 모양이다. 철도청은 보충 정보를 원했을 것이다. 이미 일차 공사를 포기해야만 했던 철도청이다. 틀림없이 이차에서는 같은 경우를 되풀이하고 싶지 않을 거다. 그렇게 되면 아마도 조만간 철도가 늪을 가로지르게 되겠지. 계획안이 확정되었다. 한데 무슨 까닭으로 철도청이 이토록 늪에 관심을 갖는 걸까? 땅이 없는 것도 아닌데. 늪은 늪으로 남아 있어야 한다.

지질학자들과 늪까지 동행하는 건 내 일이다. 아다는 등의 근육이 너무 아프고 자기는 좋은 안내자가 못 될 거라 한다. 내 생각엔 그건 가지 않으려는 핑계다. 그녀는 늪에 대한 관심을 잃었다. 전염병이 돌고 새들이 죽은 후부터 늪을 멀리한다. 늪은 응큼하고 숨겨진 위험으로 가득하다는 것이다. 사람이 바뀔 수 있다는 게 신기하다. 아델은 호텔보다 늪을 좋아했는데 이제는 늪보다 호텔을 좋아하니. 정원도 이제는 더 이상 정원이 아니라 늪이라며 그곳에 나가지도 않는다. 전혀 틀린 말은 아니다. 정원이 늪을 닮아가기 시작한다. 아다가 늪을 좋아한 적은 없었지만 늪이 공동묘지를 삼켜 버린 후부터는 한층 늪을 증오한다. 내게는 늪은 언제나 늪일 따름이다. 나처럼 늪을 잘 알고 나면 늪은 아무 짓도 하지 않는다는 것을 안다. 지질학자들은 나와 함께 있으면 안심이 된다고 했다. 나는 그들을 거의 늪 전부로 안내했다. 그들은 계속 메모를 하고 나중에 토양 검사를 위해 다시 돌아보고픈 지점을 지도에 표시한다. 그들은 진지하게 일을 한다. 그들이 늪에서 일하게 된 것은 이번이 처음이다. 내게 온갖 질문을 다 한다. 늪은 그들에게 전혀 새로운 무엇이었다. 그들은 늪을 가로지르는 철도를 건설하려는 철도청의 생각이 훌륭하다고 확신한다. 철도가 늪에 생명을 가져다줄 거라고 한다. 그러나 늪은 살기 위해 철도를 필요로 하지 않으며 그들이 믿는 것처럼 죽어 있지도 않다. 그들의 일은 최상의 노선을 긋는 것인데 그것은 오산이며 그들의 작업은 실패할 것이다. 그들은 자신들이 하는 일을 믿는다. 그들은 탐사원들 같지 않다. 탐사원들은 그들보다 은밀하고 속을 알 수 없는 사람들이었다. 지질학자들은 단순한 사람들이라 함께 얘기하기가 수월하다. 그들은 내가 보여준 협조에 무척 고마워한다. 지금은 그들 혼자 늪에 간다. 그들이 장엄에 든 이후 내게도 일이 많아졌다. 파리들이 그들에게 불편을 끼치게 하고 싶지 않았다. 나는 모든 수단을 동원하여 파리와 싸운다. 다행히 배관공이 왔다. 그는 파이프를 조사하고 연결 부분을 갈았다. 병 때문에 수척해져 그를 알아보기 힘들었다. 예전보다 능숙하지 못한 것 같았다. 병을 앓고부터 손을 떨었다. 그는 누수 부분을 메우는 데 쓰이는 조금 더 튼튼한 신제품 방수제를 주었다. 그건 나아 보였다. 지질학자들은 이해심이 많다. 변기가 막혀도 그들은 옆방 것을 쓴다. 서로 돕고 사는 거다. 그동안 내가 뚫어주면 되니까. 전처럼 배관공에게만 기댈 수도 없는 처지다. 아델은 다시 공손해졌다. 지질학자가 만든 지도를 보고는 다시 늪에 관심을 갖는다. 늪에 대해 새로운 발견을 한 것처럼 보였다. 아델은 변기에 문

장엄호텔

제가 있는 지질학자들에게 자기 방 변기를 쓰라며 불러들인다. 그녀가 방을 쓴 이래 이처럼 정돈이 잘된 것도 처음 있는 일이다. 변기도 그녀가 직접 관리하자 이제는 그녀 방의 변기는 아무런 문제도 없다. 모든 게 번쩍인다. 철도가 늪을 지나간다는 생각에 그녀는 힘을 얻는다. 장엄에도 득이 되리라 생각하고 있다. 그녀는 일과 후 지질학자들이 긴장을 풀도록 조그만 파티도 마련한다. 축음기가 돈다. 아델이 낭독을 한다. 지질학자들도 연재소설에 흥미를 느낀다. 아델은 점점 잘 읽는다. 그녀의 쉰 목소리에는 어떤 매력이 있다. 지질학자들은 아델이 개성 있는 여자라 생각한다. 여우털 코트가 제법 효과를 낸 것이다. 아다는 한 귀퉁이에 떨어져 있다. 그녀는 늪에서 벌어지고 있는 이런 일을 좋아하지 않는다. 하여튼 그녀는 한숨 돌렸을 것이다. 몸 안에 지니고 있던 물이 사라졌고 숨도 거의 정상적으로 쉰다. 이젠 나처럼 류머티즘 정도만 있을 뿐이다. 근육함몰증에도 불구하고 아델은 몸을 꼿꼿이 세우려고 애쓴다. 그녀 방에 생기가 돈다. 아델 방에는 늦은 밤까지 손님들이 있다. 아다는 일층에 따로 떨어져 있다고 불평한다. 지질학자들이 그녀를 따돌리는 것이다. 하지만 그녀는 친절해보려는 아무런 노력도 하지 않는다. 그녀는 훼방을 놓으려고 일부러 지팡이로 너무나 시끄러운 소리를 낸다. 그녀는 장엄이 뒤죽박죽이라 생각한다. 모든 방이 꽉 들어차는 바람에 지질학자들은 그들 장비를 아다 방에 보관했다. 아다 방이 제일 넓기 때문이다. 아다는 장비에 말라붙은 진흙 때문에 방에서 늘 냄새가 난다고 불평한다. 지질학자들은 로비의 피아노 자리에다 칠판을 설치했다. 그들은 거기에 철도 노선을 그렸다. 매일 노선이 늘어났다. 아델은 기뻤다. 아다는 노선이 침몰된 공동묘지 바로 옆을 지나는 것을 보고는 아무 말도 하지 않는다. 나도 아무 말 하지 않았다. 나야 공동묘지엔 관심이 없다. 그러니 묘지 위로 철도가 지나간들 상관있겠는가. 할머니야 불만이겠지만. 할머니에겐 공동묘지는 신성한 곳이었다. 묘지가 가라앉을 줄은 예상치 못했다. 그러나 이제 묘지가 침몰한 이상 그 위로 철도가 지나간들 무슨 대수인가? 할머니 무덤이 늪에 삼켜졌더라도 나는 아무렇지도 않다. 나는 한 번도 무덤에 신경 쓴 적이 없다. 철도 계획이 구체화된 지금 할머니라면 어떻게 생각할지 궁금하다. 장엄이 철도교통의 요지에 위치할 것이다. 손님이 넘칠 거다. 이 모든 것은 장엄이 지금까지 잘 버텼기 때문이다. 지하수층 때문에 지반이 깊진 않아도 다행히 기초공사가 견고했기 때문이다. 호텔이 단층인 것은 그 때문이다. 그러나 한 층만으로도 충분하다. 지질학자들은 방에 샤워 시설이 없다고 불평이다. 할머니가 샤워 생각은 못한 것이다. 복도 끝의 조그만 욕실을 개방해야만 했다. 지금까진 광으로 썼다. 할머니가 물을 끌어오기 싫어해서 한 번도 써본 적은 없지만 그곳엔 욕조도 하나 있다. 할머니는 방에 변기 시설만 있으면 손님들에겐 족하다고 생각한 것이다. 류머티즘에 걸린 내게는 욕조를 채우고 비우고 하는 일이 고역이었다. 하지만 호텔에 규칙적 수입을 안겨다 주는 지질학자에게 불만을 줄 수는 없는 노릇이다. 그들에게 목욕값은 따로 받았다. 그들은 군소리하지 않았다. 나는 커다란 대야에 물을 끓였다. 그들은 아주 뜨거운 물을 좋아한다. 욕조는 깊고 넓다. 그걸 채우려면 수많은 대야를 비워야 했고 그러는 동안 물이 식었다. 욕조를 비울 때도 그만큼 시간이 걸렸다. 지질학자들은 욕실에 대해 그리 만족하지 않았다. 차례를 너무 오래 기다린다고 생각했다. 그것이 말다툼을 야기해서 그들의 화합에 장애가 되었다. 이 모든 게 방에 샤워기가 없고 할머니가 이 작은 광을 수도가 들어오는 진짜 욕실로 개조하지 않은 탓이다. 일부 지질학자는 장엄에 대해 불평을 한다. 처음엔 그토록 친절했던 사람들이 사소한 일로 짜증을 낸다. 그들은 많은 타월을 쓴다. 항상 빨아야 했다. 그들은 장엄호텔이 철도 건설에 따른 새 고객의 요구에 결코 부응할 수 없을 거라고 한다. 이에 뭐라 답해야 할까? 이건 늪의 호텔이지 철도호텔이 아니다. 아델은 어떻게 내가 장엄호텔을 철도호텔이란 이름으로 바꿀 것이라는 생각을 하게 되었을까? 장엄호텔의 이름은 결코 바뀌지 않을 것이다. 할머니는 영원히 남을 이름을 지었다. 다행스럽게도 측량은 곧 끝났다. 나의 참을성도 한계에 이르렀다. 아델은 내가 불친절하다고 비난을 한다. 아델도 이젠 목욕을 한다. 하지만 그녀가 직접 욕조에 물을 채운다. 나는 그녀의 몸종 이 아니다. 그녀는 더 이상 등이 아프단 소리는 하지 않는다. 목욕이 근육을 탄탄하게 해준다는 거다. 지질학자들은 목욕 을 하려면 아델이 나올 때까지 기다려야만 했다. 그들은 아 델에 대해 불평을 했다. 아델은 연재소설을 다 읽어버려 더 이상 우리에게 읽어줄 게 없었다. 지질학자들은 저녁마다 잡 음투성이의 같은 판을 듣는 데 싫증을 냈다. 그들은 서둘러 일을 마무리하려 했다. 아다도 목욕을 하고 싶어한다. 문제 는 계단을 올라가야만 한다는 거다. 그녀는 단련을 한다. 매 일 한 계단씩 더 올라갔다. 조만간 아다도 아델처럼 목욕을 할 수 있을 것이다. 하루 종일 대야에서 물이 끓었다. 돈이 드는 일이다. 결국 나는 목욕값을 받아도 실속이 없었다. 적 자였다. 아다는 이제 거의 계단 꼭대기까지 도달했다. 기력을 찾은 거다. 그녀는 강단이 있다. 아델은 욕실을 차지해서 목욕을 하려는 아다의 시도를 못마땅하게 본다. 나만 목욕을 하지 않는다. 바닥에 흐른 물을 걸레질해야 하니 욕조에 느긋이 누울 만한 여유가 내겐 없었다. 목욕물이 복도까지 흘러넘친다. 마룻바닥에는 사방이 물이다. 또한 온통 파리 시체들이다. 마침내 목적을 달성한 거다. 하지만 시체를 줍는 게 즐겁지만은 않다. 파리들은 호텔 문턱을 넘어서면 죽는다. 나는 파리를 죽이는 방법, 아주 극단적 방법을 발견한 것이다. 가장 좋은 것은 시체를 치울 필요도 없도록 파리가 호텔에 들어오지 않는 거다. 욕조에까지 파리 시체가 있다. 지질학자들이 목욕을 하다가 짜증을 내는 바람에 파리 시체로 더럽혀진 물을 갈아야만 했다. 물 낭비, 시간 낭비, 그리고 힘도 더 들었다. 파리는 죽어서도 여전히 불편한 존재이다.

내가 어떤 지경에 처해 있는지 보기 위해 청구서를 챙

겨보고 싶었다. 장부는 정리도 되어 있지 않았다. 그것도 할머니 잘못이다. 그녀의 장부는 오류와 지운 자국투성이다. 장엄에서 돈이 벌렸을 시절이니 그럴 수 있었다. 계산하느라 골치 썩일 필요가 없었다. 그리고 그 시절엔 항상 외상도 해주었다. 기와공이 독촉장을 보냈다. 그는 제대로 버티지 못한 지붕을 수리하고 정상보다 더 비싼 인건비를 요구했다. 이 청구서는 도무지 이해할 수 없다. 밀려 있는 온갖 청구서는 말할 것도 없고 이렇게 많은 금액인 줄은 잊고 있었다. 장작값 청구서는 예년보다 엄청나게 올랐다. 이 정도 등급의 호텔치곤 너무 많다. 손님들이 일급 호텔에 든 양 낭비를 한 것이다. 나는 손님들에게 거절할 줄 모른다. 나무는 점점 비싸지고 질은 좋지 못했다. 나무 장사는 경쟁자가 없는 것을 악용하는 것이다. 그가 배달하는 나무는 불길이 일지 않는다. 나는 적어도 갑절은 더 때고 있다. 할머니 시절엔 손님들이 찬물에 씻었고 장엄도 수준급 호텔이었다. 손님들이 복통을 호소한다. 식수에 병균이 있는 게 틀림없다. 늪에 가깝다보니 항상 물에 문제가 있었다. 수도꼭지에서 나오는 물은 언제나 누렇다. 손님들은 마시려 들지 않는다. 그들은 미네랄워터를 요구한다. 물은 방값에 포함되어 있으니 추가로 드는 비용이었다. 그것 또한 내 이익을 줄이는 것이다. 식수 없는 호텔이면 정말 악평을 듣게 된다. 수도국을 불렀다. 그들이 장엄호텔의 수질을 분석했다. 음용수라는 검사 결과가 나왔다. 그들은 장담을 한다. 단지 많은 양을 마실 때엔 복통을 일으킬 수 있다는 거다. 속수무책이며 그저 적당히 마시는 것 외엔 대책이 없다는 말이었다. 나는 그들이 발급한 보증서를 로비 벽보에 게시했다. 장엄호텔의 물은 마실 수 있으나 그 특이한 성분 때문에 적당히 마셔야 한다고 씌어 있다. 나는 한숨 돌렸다. 손님들을 더 이상 자극하지 않기 위해 미네랄워터 병을 치웠다. 장엄호텔의 물맛은 좋지 않고 비누 맛이 난다. 수도국은 이 물이 혈액순환에 좋고 그 특이한 성분 때문에 효험이 있다고 했다. 사실 아다의 푸른 멍이 사라졌다. 그녀의 멍은 혈행장애에 기인한 것이었다. 장엄호텔의 물이 아다의 멍을 치료한 것이다. 나는 그것을 수도국의 증명서 밑에 첨가했다. 이 물은 피에 좋습니다. 그건 틀림없이 늪에 인접해 있기 때문일 것이다. 늪도 유익할 수 있다. 할머니가 장엄호텔의 물이 피에 좋다는 사실을 알았더라면 아마도 조그만 온천을 열 생각을 했을 거다. 단지 혈행장애를 고치기 위해 치료차 장엄에 장기투숙하는 사람들도 있을 거다. 나는 감히 그런 계획을 세우지도 못한다. 장엄호텔은 온천요법을 하는 사람들을 맞이할 만큼 안락하지 않다. 아델은 철도만 들어서면 모든 게 달라질 거라고 생각한다. 그녀는 지질학자들이 온 뒤로 자신감을 되찾았다. 그녀 생각엔 지질학자들이 구체적인 것을 연구하고 새로운 노선을 긋는 데 성공했다는 거다. 아무 일도 성사시키지 못한 탐사원들과는 달랐다. 지질학자들의 노선 확정이 끝난 지금 철도청 측은 그걸 검토하고 있을 것이다. 첫 번째 공사팀이 곧 올 것이다. 현장 반장들은 호텔에 묵을 것이다. 철도청은 이미 방을 예약했다. 노무자들은 정원에서 야영할 것이다. 다행히 정원이 넓다. 틀림없이 별채도 요긴하게 쓰일 것이다. 아델이 초조히 기다린다. 그녀 눈이 벌써부터 반짝인다. 앞치마를 수선한다. 건강에도 유의한다. 아다에겐 피부병이 있다. 내 생각으론 병에 걸린 건 목욕 때문이다. 물을 견디지 못한 것이다. 그녀 피부는 언제나 연약했다. 아델도 목욕을 하고부터 피부에 균열이 생겼다. 나도 안 하길 잘했다. 물이 피에 좋을진 몰라도 피부엔 좋지 않아 피부를 자극한다. 아다는 피부병을 부끄러워한다. 나는 그녀에게 이제는 계단을 올라갈 수 있으니 방을 옮겨야 한다고 했다. 아래층으로 옮기기 전에 자신이 쓰던 방의 자기 침대에서 자게 될 것이다. 아다와 아델이 어렸을 때 함께 이 방에서 잤던 예전처럼 될 것이다. 장엄호텔에 있는 유일한 트윈 베드를 하나만 쓰도록 내버려둘 수 없는 처지다. 할머니 방은 현장 소장을 위해 예약되었다. 철도청의 비위를 거스를 수 없다. 내게 손님을 보내는 곳이 바로 철도청이니까. 지금은 그자들에 의해 좌지우지되고 있다. 장엄호텔이 최상의 수입을 올리길 바랄 뿐이다.

빚 갚을 궁리도 해야만 한다. 이 공사는 기대하지도 않던 거다. 아다와 아델은 방 얘기를 꺼낸 뒤부터 서로 말도 하지 않는다. 같은 방을 써야만 한다는 생각이 서로를 멀리하게 만들었다. 아델은 병풍을 요구한다. 그녀는 아다를 보는 걸 원치 않는다. 나는 병풍을 주문했다. 아다에게 피부병이 있으니 아델의 요구를 거절할 수 없다. 나라도 아델 입장이 된다면 내 방을 아다와 함께 쓰는 게 좋지는 않을 것이다. 아다는 너무 향수를 뿌린다. 늪 냄새를 들어오게 하기 위해 자주 환기해야만 할 것이다. 아다는 풀이 죽었다. 밤이면 그녀는 철도가 호텔을 지나가는 꿈을 꾼다. 아델은 다시 늪에 가기 시작한다. 장래의 노선을 따라 걷는다. 대공사가 될 것이다. 둑도 쌓아야 할 것이다. 철도가 완공되면 늪을 말려버릴 거란 소문도 있다. 나는 아무 말도 믿지 않는다. 물을 빼야 한다면 벌써 그 전에 뺐을 것이다. 그렇지 않다면 무엇 때문에 둑을 쌓겠는가? 둑이야말로 최선의 방법이다. 철도청은 늪을 연구했으니 자기들이 해야 할 일을 알고 있다. 건성으로 탐사반이나 지질학자를 보낸 게 아니다. 늪의 물을 빼지 않는 건 늪이 쓸모가 있기 때문이다. 게다가 늪을 말려버리면 그 틈을 타고 인근의 늪만 넓게 퍼질 것이다. 몇 년 후엔 그게 마른 늪을 뒤덮을 것이다. 그렇다면 늪을 말리는 게 무슨 소용이 있단 말인가? 건조공사를 하기엔 근방에 늪이 너무 많다. 거기에 철도를 건설한다는 것 자체가 이미 모험이다. 나야 그들이 다른 늪에 철도를 건설하는 게 좋다. 흔해 터진 게 늪이다. 철도청이 다른 늪보다 여기에 철도를 놓기로 생각한 것은 아마도 장엄호텔 때문일 것이다. 이미 호텔이 들어선 게 좋은 징조라고 생각했을 것이다. 사실 나도 할머니를 선구자라 했지만 잘 모르고 한 말이었다. 그녀가 장엄호텔을 늪 주변에 짓지 않았더라면 철도도 오지 않았을 것이다. 안개 때문에 방에선 전혀 늪이 시야에 들어오지 않는다. 안개철이 시작되었다. 이 정도로 안개가 자주 발생하는 것이 늪의 단점이다. 기관지에 나쁘고 특히 아다처럼 기관지가 허약할 땐 더욱 그렇다. 그녀는 기관지 중 하나가 폐색될까 항시 두려워하고 있다. 천만다행으로 그런 일이 일어나진 않았다. 그녀는 훈증요법을 한다. 기관지를 정화하는 데는 최상의 요법이다. 또한 냄새도 좋다. 나는 손님들에게 안개로부터 기관지를 보호하는 데 훈증요법을 하라고 권한다. 그러나 대부분의 손님들은 자기 기관지는 튼튼하여 훈증요법이 필요치 않다고 말한다. 나는 예전부터 이 요법을 하고 있으며 내 기관지는 아주 좋다. 이는 주의만 한다면 늪의 안개가 위험하지 않다는 증거다. 공사는 바로 안개철과 더불어 시작될 것이다. 이런 안개 속에서 일한다는 건 사려 깊지 못한 일이다. 일단 안개가 밀려오면 얼마 동안 머물지는 도무지 알수 없다. 장엄호텔의 네온사인조차도 거의 보이지 않는다. 호텔도, 늪도 안개 속으로 사라진다. 더 이상 어디가 늪이고 어디가 호텔인지 알수 없게 된다. 익숙해져야 길을 잃지 않는다. 심지어 아델도 제 딴에는 미래의 철길을 따라가고 있다고 믿다가 길을 잃었다. 그녀는 한밤중 얼마 동안을 바깥에서 보냈다. 그 뒤부터 외출하지 않는다. 밤이 되면 늪은 더 이상 늪이 아니라는 거다. 아다는 자신의 방에서 지낼 수 있는 날이 며칠 남지 않았다. 현장 소장이 도착하면 비워줘야 하기 때문에 자기 짐과 할머니 짐을 챙기는 중이다. 아델은 그녀 방의 변기가 두 사람이 쓰기엔 그리 좋지 않다고 걱정한다. 불안해하고 있다. 그녀를 안심시키려고 나는 너무 막히면 내가 도와줄 거라고 약속했다. 배관공이 와서 모든 파이프를 점검했다. 모든 게 잘 돌아가 십장들이 도착하는 날 누수가 없기를 바란다. 배관공은 이런 걸 이해하지 못한다. 그가 건물 지반 바로 아랫부분에 물이 새는 걸 발견했다. 마치 초산에 갉아먹힌 듯 지반이 여기저기 허물어져 있었다. 이 부분을 지나는 파이프도 피해를 받았다. 모든 관이 연결된 가장 굵은 선이었다. 배관공은 파이프를 보호하기 위해 특수 접착제를 발랐다. 하지만 나와 마찬가지로 그도 아무리 특수하다지만 접착제가 만병통치약이 아님을 잘 알고 있다. 이제는 건물의 지반까지 걱정해야 할 처지다. 이 누수가 어디에서 시작되었는지 궁금하다. 호텔 대청소를 했다. 모든 게 반짝반짝해야 한다. 얼룩이 심한 곳에는 새 벽지를 발랐다. 시트를 꿰맸다. 예전만큼 희지는 않다. 모든 전구가 들어오는지 확인했다. 나는 전기는 아끼지 않는다. 파이프만으로도 너무 골치가 아프다. 장엄은 네온사인으로 외부도 그렇지만 내부도 항상 아주 환하다. 좋은 인상을 준다. 호텔에 손님이 있다는 신호다. 아직 전기 시설은 상당히 양호하다. 전선이 파이프와 멀리 설치된 게 천만다행이다. 그렇지 않으면 누수가 있을 때마다 전기고장이 있었을 것이다. 전기가 없었더라면 물이 어디서 새는지도 몰랐을 것이다. 누수는 마치 일부러 그러는 것처럼 항상 밤에 발생한다. 안개가 있은 후부터 더 이상 파리가 없다.

아델과 함께 정원을 치웠다. 잡초를 모두 불살랐다. 이제 정원은 깨끗하지만 몽땅 벗겨져 있다. 발이 빠진다. 이제는 땅이 아니라 진흙이다. 캠프를 설치하는 게 쉽지 않을 것이다. 공사판 사람들에게는 선택의 여지가 없다. 늪 부근

에선 그래도 정원이 텐트 치기에 가장 좋은 땅이다. 이렇게 물먹은 땅에 피켓을 지탱하려면 고생깨나 할 것이다. 할머니가 죽은 후에 호텔과 정원 중에 어느 것이 가장 많이 변했는지 모르겠다. 할머니의 정원과는 전혀 다른 것이 되었다. 신발에 흙이 붙는다. 텐트에 비한다면 호텔이 한결 안락해 보일 거다. 나는 별채도 깨끗이 청소했다. 그건 우리 정원의 장점이다. 아다는 아델 방으로 이사했다. 서로 다투지도 않았다. 아델 생각은 오직 공사판에 가 있었다. 그녀는 정말 연극을 포기한 듯하다. 아델을 괴롭히려고 아다가 연극을 들먹인다. 아다는 어머니가 순배했던 위대한 여배우들을 기억했다. 아델이 연극판에서 실패하는 바람에 가족 중에 위대한 여배우가 사라지게 된 게 유감이라고 했다. 아델이 연극을 하도록 일생을 희생한 어머니에겐 얼마나 큰 실망이겠냐고 했다. 아델은 아다에게 대꾸하지 않는다. 공사판만 생각한다. 아델이 연극을, 아다가 공동묘지를 그렇게 빨리 잊는 것에 놀랐다. 내 언니들은 진정 아무런 기억력도 없다. 아다가 옮겨온 후부터 방은 엉망이 되었다. 자기 트렁크조차 정리하지 않았고 물건을 여기저기 늘어놓았다. 그녀는 피부 치료를 위해 새 연고를 바른다. 효과가 있는 것 같다. 그러나 연고는 냄새가 고약하고 온 호텔에 냄새가 퍼졌다. 어디에서 이 연고를 찾아냈는지는 모르겠다. 그녀는 커다란 약품 상자를 갖고 있다. 그녀에겐 꼭 필요한 거다. 언제나 거기서 치료 방법을 구한다. 온갖 종류의 약이 다 있었다. 그녀는 아델의 머리카락이 빠져서 자기 침대에 굴러다닌다고 불평한다. 아다는 하수관을 막히게 하는 게 아델의 머리카락이라고 했다. 얼마 전부터 아델은 머리에 스카프를 둘렀다. 그건 틀림없이 머리카락이 빠지는 걸 숨기기 위해서일 것이다. 아다는 변기가 막히는 것이 아델의 머리카락 때문이라고 했다. 아델은 아다가 연고 묻은 솜뭉치로 하수관을 막히게 한다고 했다. 아다는 하루 종일 창가의 소파에 앉아 있다. 시야가 막힌 것에 불평하지 않는다. 오히려 안개가 늪을 가린다고 기뻐했다. 아델은 병풍 뒤에 혼자 있다. 가짜 손톱, 가짜 눈썹을

단다. 그녀는 호텔에 사는 사람처럼 보이기가 싫었던 거다. 목걸이가 부서졌다고 노발대발 화를 냈다. 아마도 알을 다시 줄에 꿰다가 몇 개를 잃어버린 모양이다. 전보다 목걸이가 한층 작아졌다. 그녀는 목걸이의 아름다움이 몽땅 사라졌다고 했다. 여우털 코트에 솔질을 해 털을 세운다. 꼿꼿이 걷는 연습도 한다. 허리가 굽었지만 나이 들어 보이기 싫은 거다. 꼭 끼는 옷을 입었지만 몸매가 예전 같지 않다. 아델은, 나도 인정하건대 어떤 매력이 있다. 특히 루주를 바르면 그렇다. 그녀는 도발적이며 동시에 퇴락한 어떤 것을 지니고 있다. 마침내 자기 스타일을 되찾았다. 할머니의 잡지를 훑어보고 찾은 거다. 그게 영감을 준 것이다. 그녀는 엉덩이를 흔들며 걷는다. 계단 오르는 걸 보고 있노라면 영화를 보는 것 같다. 그녀는 잡지 속의 한물간 여배우 같다. 아델 곁에 서면 나는 밋밋하다. 중요한 건 장엄이다. 나만의 스타일을 생각할 시간이 없다. 아델이 영화배우를 했다면 성공했을지도? 얼굴도 있고 특히 걷는 폼도 있으니. 어머니는 왜 하필

장엄호텔

이면 영화가 아니라 연극 쪽으로만 그녀를 밀었을까? 아델은 잡지에서 본 어떤 표정을 짓기 위해 거울 앞에서 연습한다. 공사가 재개된다는 걸 안 후부터 그녀는 무척 멋을 낸다. 영화 속이라고 착각하고 있는 게 틀림없다. 그녀는 잡지만 뒤적이고 있다. 할머니는 연극을 좋아하지 않았지만 영화엔 마음이 끌렸다. 할머니는 모든 영화잡지를 구독했다. 젊은 시절 할머니가 가장 좋아해서 몇 번씩 되풀이해서 보았던 영화가 바로 〈장엄호텔〉이었고 자신의 호텔을 장엄이라고 부를 생각을 갖게 한 게 이 영화다. 영화 속의 호텔은 늪에 있지 않았고 사막 한가운데 오아시스에 있었다. 쉴 새 없이 바람이 불어와 호텔은 오아시스와 더불어 차츰 모래에 파묻혔다. 할머니는 사막의 모래 속에 파묻히는 장엄호텔의 얘기를 자주 해주었다. 늪지대에 있으니 그런 일은 일어날 위험이 없다. 호텔 부지를 선정하면서 할머니는 아마도 이렇게 생각했을 것이다. 아델이 무슨 꿍꿍이속인지 모르겠다. 호텔에 걸맞지 않은 옷차림을 하고 있다. 그녀는 위 부담을 줄이기 위해 유제품만으로 영양을 섭취한다. 계속해서 커다란 잔으로 우유를 마신다. 그녀의 피부가 다시 하얗게 되었다. 공사판 사람들은 텐트를 치는 중이다. 예상했던 대로 피켓을 박는 데 애를 먹는다. 십장들은 방에 짐을 풀었다. 아델이 그들 주위를 맴돈다. 그녀에게 행실을 바로 하란 말을 하기에는 차마 입이 떨어지지 않는다. 나는 장엄의 평판을 중시한다. 아델과 호텔에 관한 추문이 이는 걸 원치 않는다. 장엄은 항상 점잖은 호텔이었다. 아델은 그 나이에 저런 행동을 하면 안 된다. 아다가 그녀를 부추긴다. 아다도 화장을 하고 향수를 뿌린다. 십장들이 어떻게 생각할 것인가? 언니들 방은 항상 활짝 열려 있다. 손님들은 제집인 양 드나든다. 복도까지 향수와 연고 냄새가 풍긴다. 내 역할은 그리 아름답지 못한데, 항상 변기를 뚫는 것이다. 십장들이 언니들을 이용한다. 그들은 시간이 많았다. 그들은 현장 소장이 도착하길 기다리는 중이었다. 언니들은 무료해하는 손님들을 즐겁게 해주는 데 몰두한다. 축음기가 돌아가기도 한다. 기와공이 돈을 받으러 왔다. 그에게 약간의 돈을 줄 수 있었다. 다행스럽게도 손님들이 선불을 했기 때문이다. 기와공은 장엄호텔에서는 심심해 보이는 사람이 없다고 말한다. 장엄을 유지하기 위해 내가 감수하는 삶을 생각하면 그의 지적이 달갑지 않았다. 쥐들이 돌아왔다. 이번 쥐들은 약아빠졌다. 호텔에 잠입했다간 사라진다. 잡아 죽일 수가 없다. 사방에 덫을 놓는다. 빈 채로 있다. 쥐들이 날 비웃고 있다는 느낌이 든다. 변기가 샌다. 손님이 고치겠다고 덤빈 탓이다. 더욱 망가뜨려 놓았다. 더 이상 변기를 쓰지 말아야만 했다. 고장 난 변기 때문에 호텔에서 시끄러운 물소리가 난다. 드디어 현장 소장이 도착했다. 그는 쥐에 대해 불평한다. 그의 침대 속에 죽은 쥐가 있었다. 그는 구역질난다는 표정으로 호텔을 둘러보았다. 그렇지만 그의 방은 제일 멋진 방이다. 예전의 장엄은 한결 조용했다. 철도, 그건 장엄호텔에 그 어떤 보장도 되지 못한 채 근심거리만 더해준다.

아다에게 근육 경련이 생겼다. 호텔 분위기는 아주 어수선하다. 현장 소장은 매일 저녁 자기 방에 모든 십장을 집합시킨다. 그들은 다음날의 일정을 함께 준비한다. 소장은 철도만 생각한다. 자기 업무를 훌륭히 완수하고픈 것이다. 그는 십장들에게 많은 걸 요구한다. 십장들은 이제 아델 주위를 맴돌고 있을 시간이 없다. 그녀도 그 많은 시간을 화장하는 데 보낼 필요가 더 이상 없어졌다. 그녀는 철도공사 기간 중에 큰 역할을 할 거라 믿었다. 그런데 이제 사람들은 더 이상 그녀에게 관심을 갖지 않는다. 그녀는 실의에 빠졌다. 자신을 덜 가꾼다. 그녀는 자기 방에 온통 여배우 사진을 붙여놓았다. 사진을 바라보는 그녀는 넋 나간 사람 같았다. 그녀는 영화를 시작하기엔 너무 늦었다. 그러나 그녀는 자기는 길을 잘못 들어선 것이고 자신이 원했던 건 영화배우였다고 한다. 그녀는 이러한 뒤늦은 각성에 괴로워한다. 길을 잘못 들어선 것만큼 불행한 것은 없다고, 그건 직업에서 실패한 것보다 더욱 불행한 거라고 그녀는 생각한다. 그녀는 자신

장엄호텔

만의 드라마를 산 것이었다. 그녀는 하루 종일 공사판 십장
들을 기다린다. 누군가 하나가 돌아오면 그녀는 자신의 실
패담을 얘기한다. 그녀는 할머니가 좋아했던 〈장엄호텔〉의
여배우 흉내를 내려는 것이다. 모든 걸 썩게 만드는 습기, 그
녀 생각에 바로 자기 머리카락을 빠지게 하는 그 습기를 불
평한다. 십장들을 귀찮게 한다. 그들도 이제는 그녀에 대해
너무 잘 알고 있다. 인간과의 접촉이 너무도 아쉬운 나머지
그녀는 정원에 나간다. 신발이 진흙투성이가 되어 들어온다.
공사판 인부들에게 아델은 괴짜다. 그녀는 오두막에 간다는
핑계로 정원에 나간다. 오두막 앞에는 항시 자기 차례를 기
다리는 남자들이 있었다. 아델이 가면 그들은 길을 비켜준
다. 그녀는 야영지를 산책하다가 텐트 앞에 멈춰선다. 영화
얘기를 한다. 공사판 사람들은 그녀 얘기를 잘 이해하지 못
한다. 그들은 아델이 예전에 영화배우였다고 믿는다. 그녀는
공사판 인부들 사이에선 위엄이 있었고 그것이 십장들의 무
관심에 낙담한 그녀에게 위로가 된다. 아다는 창문을 통해

아델을 엿본다. 늪 냄새를 참지 못하는 그녀는 정원으로 내려오려 들지 않는다. 근육경련을 일으키게 한 게 바로 늪 냄새라는 걸 얼마 전에 발견한 것이다. 창문 때문에 아델과 밑도 끝도 없는 말다툼을 벌인다. 아델은 창을 열어 환기하려고 한다. 아다는 천식을 이유로 거부한다. 아다가 복도 문을 열어도 환기할 수 있다고 하자 아델은 복도에서 악취가 난다고 한다. 아다가 등을 돌리자마자 아델은 창을 연다. 그러면 아다는 발작적인 기침을 한다. 아델은 숨이 넘어갈 지경인 아다를 내버려두고 정원으로 도망친다. 아다가 불쌍하다. 나는 이층으로 올라가 창문을 닫아준다. 기침약을 챙겨준다. 그게 호흡에 도움이 된다. 아다는 아델이 저질 인간들과 접촉한다고 생각한다. 공사판 사람들은 아델과 같은 수준은 아니다. 아델이 야영지에서 돌아오면 아다는 그녀에게서 공사판 인부들 냄새가 난다고 한다. 인부들은 자주 씻지 않기 때문에 냄새가 역겹다. 아다는 이 냄새가 아델 옷에 배어 방 전체에 퍼진다고 한다. 이 냄새도 그녀에게 발작적인 기침을 일으킨다. 하긴 그녀는 늪 냄새가 기침을 일으키는지도 확신하지 못하고 있다. 이제는 아다의 옷에 남아 있는 냄새가 원인이라 생각한다. 아다는 도대체 사는 게 사는 것 같지 않고 공사가 시작되고 나서부터 더욱 악화되었다고 생각한다. 아델이 생각이 짧고, 소문은 전혀 개의치 않는다는 거다. 아다는 아델의 나쁜 행실 때문에 슬퍼했던 어머니를 생각한다. 아델이 성공하지 못한 건 바로 그 나쁜 행실 때문이다. 아다는 이 문제에 관해선 할 말이 무궁무진했고 특히 기침이 끝나가 가슴에 압박감이 덜 느껴질 무렵에 말수가 많아진다. 아델에 관해 말하는 게 그녀 고통을 덜어준다. 어머니도 자기한테 와서 아델 얘기를 하면 슬픔이 덜해지곤 했다는 거다. 아다는 인생을 비관적으로 본다. 현장 소장은 항상 나를 괴롭힌다. 그는 병에 대한 강박관념에 빠져 있다. 늪이 병을 일으킨다고 믿는 거다. 그가 늪에서 공사를 지휘하는 건 이번이 처음이다. 철도청에서 최고의 현장 감독이란 명성을 잃고 싶지 않을 거다. 그러기 위해선 임무를 무난히 완수

해야만 한다. 병이 그 앞을 가로막아선 안 된다. 수상한 냄새가 조금만 풍겨도 그는 나를 불러 그게 무엇이냐고 묻는다. 신경을 곤두세우고 있다. 나는 구석구석을 소독한다. 그는 변기에 문제가 있다는 걸 금세 알아챘다. 완전히 뚫지 못한다고 날 비난한다. 변기가 십장들에게 병을 옮길 위험이 가득한 항구적 병균 구덩이라고 생각하는 거다. 그는 항생제를 먹었으며 매일 아침 부하 직원들에게 나눠주었다. 그는 공포 속에서 산다. 늪에서 현장 감독을 할 만한 재목이 되지 못했다. 위풍당당하게 보이고 싶었지만 어떻게 처신해야 할지 모른다. 철도청이 그에게 너무 많은 재량권을 주었다. 임무에 걸맞지 않은 인물이 될까 두려워한다. 지질학자들이 만든 계획안은 모호하다. 인부들은 안개 때문에 불편을 겪는다. 공사는 진전이 없다. 안개 때문에 방죽이 설계도에 비해 비껴갔다. 처음 세웠던 방죽 몇 미터를 허물어야만 했다. 현장 소장은 방향을 잃지 않기 위해 예상 철도를 따라 횃불을 지피라고 명령했다. 인부들은 밤낮으로 불을 지켜야 했

장엄호텔

다. 그들은 지쳐 있다. 방죽 공사와 더불어 횃불도 돌봐야 했기 때문이다. 이런 습한 공기 속에선 불을 계속 피우는 것이 쉽지 않다. 항상 걸핏하면 꺼지려고 한다. 현장 소장은 불을 지피기 위한 휘발유통을 나눠주었다. 인부들 옷에 휘발유 냄새가 배어 있다. 아델은 그 냄새를 자기 방까지 끌고 온다. 아다의 기침이 한층 격해진다. 아다는 휘발유 냄새에 알레르기가 있다. 장엄호텔에서의 삶이 이토록 힘든 적도 없었다. 십장들도 지쳐버렸다. 무거운 피곤을 해소하려면 수면을 취해야 했는데 밤새도록 그들을 들깨우는 변기 물소리를 참지 못했다. 변기는 수리 불능이다. 나는 로비의 게시판에 공고를 써붙였다. '차후 변기물을 틀지 말 것. 매번 사용할 때마다 양동이를 사용하여 물을 채우고 비울 것.' 십장들은 이러한 물통 사역을 불평한다. 그들은 날 부른다. 그 일을 내가 해야만 했다. 물을 채우고 비우는 일만 하다 하루가 간다. 현장 소장은 장엄이 깨끗하길 원한다. 그러나 그건 늪의 진흙을 뒤집어쓰고 돌아오는 십장들 때문에 불가능한 일이다. 쥐들을 완전히 없애지 못했다. 쥐들은 규칙적으로 다시 나타나 호텔에 피해를 준다. 쥐, 특히 죽은 쥐는 나의 강박관념이 되었다. 텐트가 쥐를 끌어들였다. 늪에 사는 쥐란 쥐는 몽땅 장엄 주위를 맴돈다. 쥐를 박멸하지 못하는 것도 이해가 된다. 늪에는 일개 사단의 쥐가 있다. 물론 쥐약은 강했으며 죽은 쥐들도 계속 나온다. 그러나 모든 쥐가 약을 먹는 건 아니다. 내가 잡지 못하는 바로 그런 놈들이 항상 다시 등장하는 거다. 현장 소장은 미신을 믿는다. 쥐가 불행을 가져온다고 한다. 늪에는 늘상 쥐가 있었고 그것이 병을 옮긴 적이 없다고 아무리 말해도 그는 믿으려 들지 않는다. 쥐가 불치의 균을 갖고 다닌다는 케케묵은 믿음을 갖고 사는 사람이다. 공사 일이나 생각하는 게 나을 텐데. 매일 새로운 문제가 터지니까. 지질학자들은 모든 걸 예상하지는 못했다. 그들의 연구는 아주 피상적이었다. 나는 그들이 늪을 전혀 이해하지 못했음을 알게 되었다. 인부들은 둑을 쌓느라 고생하고 있다. 지반이 안정되지 못한 까닭이다. 예측 못 했고 예

장엄호텔

측할 수 없는 붕괴가 일어났다. 둑이 버티지 못한다. 보강공
사를 해야만 한다. 진전이 없다. 둑은 기차의 중량을 이길 수
있을 정도로 튼튼하고 홍수에 잠기지 않도록 높아야 했다.
늪지대에선 홍수로 인한 범람이 아주 거셀 수가 있다. 이 모
든 문제를 현장 소장은 머릿속으로 수없이 되뇐다. 안개 때
문에 인부들의 작업을 확인하기가 쉽지 않다. 그는 훗날 둑
에 치명적일 수 있는 실수를 못 본 채 지나치게 될까 두려워
한다. 인부들이 교대로 불을 감시한다. 늪은 알아보지 못하
게 변했다. 특히 밤이 되면 늪이 불타고 있는 것 같다. 늪에
있는 그 불길들은 장관이다. 그리고 둑을 건설하기 위해 끌
고 와 여기저기 쌓아둔 그 많은 돌이란. 늪 냄새보단 불타는
냄새가 더 난다. 아무것도 알아볼 수 없다. 벌써 여러 번 공
사가 지연되었다. 현장 소장은 몇 차례 경고를 받았다. 그는
철도청 측에 지연 사유와 지질학자들이 고려치 못한 붕괴에
따른 돌발사건을 설명하는 편지를 썼다. 그러나 철도청 사
람들 머릿속에는 오로지 예정 기한 내에 철도가 늪을 지나

야 한다는 생각밖에 없었다.

현장 소장이 쥐에 발목 한가운데를 물렸다. 그러더니 고열이 났다. 아다가 물린 상처를 보살핀다. 그녀는 상처가 심하게 곪았다고 한다. 그녀는 온갖 종류의 약을 다 먹인다. 피를 맑게 하기 위해 많은 물을 마시게 한다. 고열에도 불구하고 소장은 현장을 감독하려고 한다. 하지만 그는 비틀거리며 돌아와 더 이상 침대를 떠나지 못한다. 십장들을 모이게 해 명령을 내린다. 그는 공사장에서 일어나는 모든 일을 알고자 한다. 인부들도 이제는 쥐에 물릴까 두려워한다. 평소에는 쥐들이 공격하지 않는다. 현장 소장이 경솔한 몸짓을 해서 쥐가 놀랐을 거다. 아다는 현장 소장의 호감을 샀다. 그는 아다만 신임한다. 그녀를 치료사로 생각한다. 그녀는 헌신적으로 그를 치료한다. 하지만 그녀는 불안해한다. 자신도 쥐에 물려본 적이 없으므로 소장의 상처를 어떻게 치료해야 할지 몰랐다. 그녀는 즉흥적으로 조금은 아무렇게나 치료한다. 그는 그녀가 강제로 마시게 하는 물과 탕약 탓에 땀을 많이 흘린다. 땀을 흘리는 건 좋은 징조다. 아델은 아다를 시기한다. 아델은 무엇을 해야 할지 모른다. 그녀는 여배우 사진을 떼어버린다. 그녀는 돌연 영화를 의심하기 시작했다. 그녀는 삶의 지향점을 잃었다. 영화에서는 모든 게 조작된 거라는 거다. 여배우가 자아를 실현할 수 있는 곳은 오직 연극에서뿐이란다. 영화, 그건 가짜라고 했다. 그게 자신이 원했던 직업이었던 것도 모르고 있다. 제정신이 아니다. 공사판이 그녀를 실망시킨 거다. 그녀는 모든 것에 희망을 잃었다. 그녀는 나를 졸졸 따라다닌다. 나는 아델 문제에 신경쓸 겨를이 없다. 녹은 더욱더 파이프를 침범하고 누수는 멈추지 않았다. 더욱 심각한 건 대들보를 시급히 보강해야만 한다는 것이다. 목수를 불렀다. 그는 이런 꼴의 대들보는 본적이 없다고 했다. 어떻게 지금껏 지붕이 지탱되었는지 의아해한다. 아무튼 그는 결과에 대해선 어떤 책임도 지지 않는다는 점을 분명히 짚고 보강공사를 수락했다. 나는 현찰로

지불했다. 목수에겐 빚지기 싫다. 그는 새로운 목재용 화학 제품을 내게 주었다. 그게 일시적으로나마 부패를 막을 것이다. 그에게 고맙다고 했다. 그가 호텔에 대해 이토록 이해심을 보이는 건 틀림없이 공사 때문일 것이다. 그가 공사판에 놀란 것이다. 그리고 장엄은 공사판의 중앙에 위치했으니까. 십장들이 공연히 불평을 하며 인부들과 함께 정원에서 야영하게 된 걸 좋아하지 않는다. 인부들의 대부분이 텐트 안에 꽉 찬 습기 때문에 편도선이 부었다. 편도선 때문에 사람들은 일을 더욱 더디 하고 덜 잘했다. 호텔에는 방마다 불이 있다. 아주 작은 불이지만 없는 것보단 낫다. 십장들은 말은 안 했지만 호텔을 좋아한다. 아다는 밤낮으로 현장 소장을 간호한다. 아예 그의 방으로 옮겨갔다. 그녀가 먹이는 온갖 약에도 불구하고 열은 떨어지지 않는다. 쥐들이 호텔에서 사라졌다. 십장들은 쥐에게 물릴 것을 염려하지 않고도 침대에서 두 다리 뻗고 쉬게 되었다. 아델은 암울한 생각에 빠졌다. 장엄호텔, 이게 자신의 죽음이라는 거다. 그녀는 아다가 현장 소장 방으로 간 후부터 권태에 빠졌다. 아델에겐 아다가 필요하다. 그녀는 아다의 향수를 몸에 뿌린다. 아무것에도 흥미가 없다. 양동이를 들고 여기저기 돌아다닌 나머지 나는 사지가 쑤신다. 다행히 일시적 쑤심이다. 장엄의 모든 게 내 어깨에 걸려 있다. 나는 조그만 병에도 걸릴 수 없는 처지다. 장엄을 관리한다는 건 전심전력을 요하기 때문이다. 할머니가 옳았다. 그녀는 조금씩 영화를 머릿속에서 밀어냈다. 말년엔 잡지도 보지 않았다. 오로지 장엄호텔만 중요했다. 그녀의 인생은 성공했다. 그녀보다 내게는 그것이 한층 어려워졌다. 호텔은 낡았고 여기저기 허물어지기 때문이다. 할머니는 성공의 조건을 모두 갖추고 있었다. 그녀의 가장 큰 공적은 아무도 생각지 못했던 곳에 장엄을 지은 것이었다. 나는 할머니에 대해 무한한 존경심을 품고 있다. 내 성격이 형성된 것은 바로 할머니 덕분이다. 어머니는 장엄호텔을 떠나지 말았어야 했다. 오직 나 하나에게만 호텔이란 선물을 물려주신 할머니에게 나는 감사한다. 나는 언니들을 위해 최선을 다한다. 어머니가 죽으며 당부한 것이다. 그녀는 아다와 아델이 장엄으로 돌아오길 바랐다. 내게는 무거운 책임이다. 지금 이 순간 나는 힘이 솟는다. 장엄은 잘 버티고 있다. 버티지 못하는 건 바로 둑이다.

현장 소장 몸 전체가 결절 종기투성이다. 쥐가 병을 옮긴 거다. 쥐가 이토록 돌변한 것은 공사판 탓이다. 약도 효과가 없었다. 현장 소장은 환각에 빠진다. 사방에서 쥐가 보인다고 한다. 십장들이 회합을 갖는다. 불안해한다. 그들끼리 결정을 내려야 하는데 경험이 없다. 여러 가지 난관에도 불구하고 둑은 진전되었다. 정말 둑과 비슷해져갔다. 튼튼한지 아닌지는 알 수 없는 일이다. 공동묘지 자리에 이젠 둑이 섰다. 둑이 진전되는 걸 눈으로 보며 공사판 인부들은 용기를 얻는다. 편도선염에도 불구하고 끈기 있게 일한다. 둑의 한 부분이 무너져도 실망하지 않고 다시 시작한다. 십장들은 인부들이 가히 모범적이라 한다. 그러나 야영지의 위생 상태는 개선할 점이 많았다. 나는 오두막의 하수관도 여러 차례 뚫었다. 변기와는 비교되지 않을 정도로 힘에 부치는 고역이었다. 인부들은 항상 안개 속에서 일하다 보니 시간, 공간 개념을 잃었다. 그들은 지금이 무슨 요일인지, 자신들이 어디 있는지 모른다. 다행스럽게도 횃불이 있었다. 불 덕분에 아무도 길을 잃지 않는다. 아다에게도 종기가 생겼다. 현장 소장의 병이 전염성이라 아다도 걸린 것 같았다. 십장들은 그렇게 생각한다. 그들은 종기에 전염될까 두려워 방에 들어가지 않는다. 어쨌거나 현장 소장은 나아지고 있다. 더 이상 환각에 빠지지도 않는다. 아다는 여전히 그의 머리맡에 앉아 있다. 그녀의 결절 종기가 심각하다. 그러나 그녀는 현장 소장 걱정만 한다. 그녀는 수프를 마신다. 냉증도 앓는다. 현장 소장은 체력은 떨어졌지만 염증은 사라졌다. 이제 목숨이 위태로울 지경은 아니다. 그는 아다의 헌신적 간호에 감사한다. 병을 이긴 건 그녀 덕분이다. 아다는 자기 방으로 돌아갔다. 그녀는 두 발로 설 힘도 없다. 너무도 많은 밤을 꼬박 새운 탓이다. 자신이 원래 얼마나 허약한지도 잊은 채. 그녀의 결절 종기가 악화된다. 고통을 받는다. 아델이 간호한다. 안개가 걷혔다. 창으로 늪을 가로지르는 둑을 볼 수 있다. 현장 소장은 그의 와병 중에 십장들이 해낸 멋진 작업실적을 축하했다. 둑이 완전히 마무리된 건 아니다. 나도 보러 갔다. 늪의 표면에 노란 이끼가 꼈다. 야영지는 한심한 지경이다. 정원은 야영지로 적합지 않았다. 인부들에게 쓰레기를 태우라고 부탁했다. 장엄 전체에서 쓰레기 태우는 냄새가 난다. 쥐들을 끌어들였던 게 쓰레기였음이 틀림없다. 현장 소장은 회복기에 들어섰다. 그는 둑을 따라 산책을 한다. 그리고 레일을 주문한다. 둑은 듬성듬성 허물어졌다. 완전히 수평이 아니다. 아무튼 둑 공사는 계속된다. 현장 소장은 이런 붕괴에 놀라지 않는다. 그는 자신감을 보이고 싶어 한다. 인부들 각각에게 악수를 청한다. 원기를 회복하려고 많이 먹는다. 십장들 곁을 떠나지 않는다. 그가 모르고 있는 건 늪이 여기저기에 흡반을 갖고 있다는 것이다. 바로 그것 때문에 붕괴가 일어나는 거다. 늪이 둑을 빨아들이기 시작한다. 현장 소장은 철도를 깔 생각만 한다. 철도가 깔리면 그의 임무는 끝날 것이다. 아델은 아다를 걱정한다. 그녀의 결절 종기가 퉁퉁 부었다. 아델은 현장 소장을 원망한다. 그 사람이 아다에게 전염시켰다는 거다. 그녀를 말릴 수 없었다. 그녀는 소장 방에 들어가 그를 비난했다. 소장은 인부들과 관계한 그녀의 행동에 대해 모욕적 언사를 퍼부으며 그녀를 문밖으로 내쫓았다. 아델은 내게 손님들을 호텔에서 내쫓으라고 한다. 내게 어떻게 그런 일을 요구할 수 있을까? 장엄은 영영 평판을 잃을 것이다. 철도청은 막강하다. 그 도움이 없으면 장엄은 아무것도 아니다. 장엄호텔은 할머니 시절처럼 독자적이지 못하다. 장엄은 서서히, 조금씩 철도청에 예속된 것이다. 할머니라면 결코 이러한 예속을 받아들이지 않았을 것이다. 아델은 충동적이며 경솔하다. 아다를 위한 복수만을 생각한다. 나는 내 행동이 야기하는 결과를 염두에 두지 않고는 행동할 수 없다. 무엇보다도 장엄의 이익에 따라 행동해야 하는 거다. 아다는 철도청의 첫 희생자다. 그녀는 현장 소장을 위해 자신을 희생했다. 그녀가 소장을 치료하도록 내버려두지 말았어야 했다. 우리 셋 중에서 그녀가 가장 허약했다. 아델은 자신도 종기가 있음을 발견했다. 겁이 난다. 전염의 위험이 있는 게 분명하다. 하지만 둑이 거의 마무리된 지금 물러서기엔 너무 늦었다. 장엄은 잘 버틴다. 이처럼 돈을 벌어들인 적이 없었다. 나는 빚의 일부를 갚을 수 있었다. 아델의 종기가 걱정된다. 나까지 걸리면 안 된다. 아다, 그리고 지금은 아델. 불쌍한 언니들. 현장 소장은 나날이 회복되고 있다. 일에 박차를 가한다. 둑을 완공하라고 사람들을 채근한다. 레일이 도착했다. 이제 설치하는 일만 남았다. 날씨도 맑다. 사람들은 횃불이 꺼지도록 내버려둔다. 그들 눈앞에 갑자기 늪이 모습을 드러냈다. 항상 둑에서 살았던 그들이지만 늪은 생각보단 컸다. 어떤 사람들은 호기심을 갖는다. 탐사해보고픈 욕구도 느꼈을 것이다. 그러나 현장 소장은 둑에서 멀리 가는 걸 금지시켰다. 그는 늪에 대한 오랜 불신을 품고 있다. 그의 생각으로는 둑 가까이에서만 안전하다는 거다. 노란 이끼가 퍼진다. 인근 늪에서 왔을 것이다. 늪은 사람들이 생각하는 것처럼 서로 뚝뚝 떨어져 있는 게 아니다. 작은 수로들이 망을 이뤄 서로 통하고 있다. 그중 하나가 병이 들어 다른 것까지 오염시켰을 것이다. 곧이어 또 새들이 죽을 것이다. 정기적으로 있는 일이다. 풀들도 노래진다. 현장 소장은 불안한 눈길로 늪을 바라본다. 그는 하루바삐 자기 임무를 끝내려고 조급해한다. 그는 살아서 이곳을 벗어나리라곤 생각지 못했다. 일이 잘 끝난다 할지라도 공사에 대한 좋은 추억을 갖지 않을 것이다. 아다가 그의 생명을 구했는데 지금은 자신의 병이 재발할까 두려워 그녀를 보려고조차 하지 않는 그자를 생각하면. 모든 사람이 아다의 병이 전염성이라 생각한다. 아델의 종기도 벌써 아다 것만큼이나 크다. 그리고 아델 역시 수척해졌다. 그녀는 아다와 함께 자기 방문을 걸어 잠그고 틀어박혀 있다. 아다는 종기뿐만 아니라 습진까지 앓았다. 눈이 화끈거리고 충혈되었다. 햇빛을 견디지 못했다. 언니들은 덧문을 닫고 산다. 창문도 더 이상 열지 않는다. 방에 들어서면 악취에 숨이 막힌다. 나도 전염될까 겁난다. 언니들은 세균과 싸우기엔 그리 건강치 못하다. 그들은 현장 소장이 극복한 그 과정에서 굴복하고 말 것이다. 이게 모두 쥐 때문이다. 아다는 무엇에 씌어 현장 소장을 그리 돌본 것일까? 평소처럼 방에만 있었더라면 세균에 감염되지 않았을 것이다. 둑은 완공 단계에 있다. 십장들은 스스로를 대견스러워한다. 많은 사람이 고열증, 늪지대 열병을 앓는다. 더위, 묵직한 더위가 돌아왔다. 이 노란 이끼는 늪이 썩는다는 신호다. 야영장의 열악한 위생 상태 속에서 수개월 동안 작업에 지친 사람들이라 열병에 걸린 거다. 철도청의 위생반이 검사하러 왔다. 많은 사람이 철수했다. 야영장의 규모가 줄었다. 완전히 소독되었다. 둑이 완공되었다. 드디어 철도 설치가 시작되었다. 그러나 곳곳에서 둑이 붕괴되는 바람에 레일이 맞물리지 않는다. 레일 설치를 중단해야만 했다. 현장 소장은 이 새로운 문제에 대한 해결 방법을 찾는다. 그는 둑 붕괴에 따른 결과를 도외시한 거다. 둑이 늪 구덩이 속으로 빨려들어간다. 눈에 보이진 않지만 레일이 맞물리지 못하게 하기엔 충분했다. 아델도 거의 아다만큼 열이 났다. 십장들과 현장 소장은 보따리를 옮겼다. 정원에서 야영을 한다. 아다와 아델로부터 전염되는 게 너무 두려웠던 거다. 차라리 늪 열병에 걸리는 게 낫다는 생각을 한 것이다. 호텔이 텅 비었다. 나는 내 몸에 종기가 났는지 확인하려고 매일 온몸 구석구석을 만져본다. 언니들 중에서도 갑상선 종양 때문에 고통받고 있었던 아다가 아델보다도 더욱 불쌍하다. 현장 소장은 붕괴된 부분을 올려 쌓게 한다. 그렇게 해서 문제를 해결하려는 거다. 늪에 흰개미 떼가 침범했다. 침목이 몽땅 공격당해 바스러진다. 레일이 버티지 못한다. 흰개미 떼를 없애는 게 시급하다. 어떤 놈들은 벌써 호텔 대들보를 공격한다. 너무 공격당해 지붕과 함께 폭삭 주저앉을 위험이 있는 대들보도 있다. 아다와 아델 방이 가장 위험하다. 중앙의 굵은 대들보도 이제는 거의 버티지 못한다. 목수가 왔다. 그러나 그는 아다와 아델이 있는 앞에선 일하려 들지 않는다. 그들은 목수가 수리를 하는 동안 다른 방으로 옮기느니 언제 머리 위로 떨어질지 모르는 대들보의 위협 속에서 사는 게 낫다고 한다. 아다와 아델은 서로 화해했다. 병이 그들을 가깝게 한 것이다. 방에 들어가면 내가 그들의 훼방꾼임이 느껴진다. 날 의심쩍은 눈초리로 바라본다. 그들은 어머니와 자기들을 내쫓았다고 할머니를 비난한다. 순순히 내쫓긴 어머니도 비난한다. 내가 그들 불행에 책임이 있다고 여긴다. 그들은 새로운 탕약을 시도한다. 그들의 배는 딴딴해지고 부풀었다. 내가 침대를 정리해주는 것도 원치 않는다. 이제는 정말이지 언니들도 아니다. 차라리 날 보지 않는 게 낫다고 한다. 나는 음식 쟁반을 그들 방문 앞에 놓는다. 그들과 더 이상 아무런 접촉도 없다. 공사판 사람들도 내게서 전염될까 두려워 나를 슬슬 피한다. 흰개미 떼는 박멸되었다. 새 침목을 깔았다. 현장 소장은 강철의 의지를 지닌 사내다. 모든 게 곧 끝날 것이다. 언니들 방에선 무슨 일이 벌어지고 있는지 알고 싶지도 않다. 쟁반이 언제나 비어 있는 걸 보면 언니들은 항상 허기져 있는 모양이다. 나는 하루 종일 사무실에서 할머니 서류를 정리한다. 모두 뒤죽박죽이고 해독할 수 없다. 장엄은 더 이상 돈을 벌어들이지 못한다. 호텔이 비니 관리할 엄두도 나지 않는다. 먼지가 쌓이고 사방에 거미줄이다. 배관공은 두 번째 심장마비를 견디지 못하고 죽었다. 파이프엔 잔구멍이 한결 더 많아지고 작은 물방울이 맺힌다. 곰팡이가 퍼진다. 지반이 여기저기 심하게 내려앉는 걸 알고부터는 건물 기초공사도 믿지 못하겠다. 장엄에 비하면 둑은 멋지다. 철도 개통식도 지체되지 않을 것이다. 위생반이 호텔을 격리구역으로 결정한지라 장엄은 축하 행사에 참가할 수 없다. 언니들은 어떻게 되었는지 모르겠다. 이제 언니들도 언니들이 아니다. 늪도 늪이 아니다. 이 묵직한 더위를 참지 못하겠다. 파리 쫓을 힘도 없다. 파리 떼가 다시 나타난 것이다. 정전도 점점 잦아진다. 전깃줄이 천장에서 늘어졌다. 습기가 합선 사고를 일으킨다. 드디어 철도가 완성되었다. 공사가 끝났다. 사람들이 떠났다. 정원이 갑자기 텅 비었다. 둑과 철길을 따라 걸어 본다. 개통식 날 철도청 사람들이 모두 오겠지. 첫 기차가 늪을 가로지를 것이다. 아다와 아델 방의 덧문은 닫혀 있다. 유일하게 덧문이 남아 있는 방이다. 언니들은 음식엔 손도 대지 않는다. 도대체 무슨 일이 또 벌어지고 있는 걸까?

언니들 방이 열쇠로 잠겨 있다. 열 수 없다. 열쇠공을 불러야 했다. 열쇠공은 전염병 때문에 호텔에 들어오지 않으려 한다. 그가 내게 만능열쇠를 주었다. 방에 들어가면 어떤 광경이 기다리고 있을까? 예감이 적중했다. 생각했던 대로다. 일이 터진 것이다. 중앙 대들보가 주저앉았다. 다행히도 언니들은 조심성이 있었다. 대들보 밑에 있던 침대를 한쪽으로 치웠던 거다. 침대는 부서지지 않았다. 방 한가운데에는 작은 돌들과 대들보 조각이 있다. 천장에 커다란 구멍이 났다. 할머니가 샀던 크리스털 전등도 떨어져 산산조각이 났다. 지진이 일어난 느낌이 들었다. 더 이상 아다와 아델의 방 모습이 아니었다. 그리고 그 악취. 잔해더미를 건너뛰어 첫 번째 한 일은 숨을 쉬고 어둠 속에서 뭔가 알아보기 위해 창문을 활짝 연 것이었다. 첫눈에 들어온 것은 목덜미가 퉁퉁 부은 아다다. 얼굴을 알아볼 수 없다. 그 곁에 아델이 있었다. 죽은 지 꽤 시간이 지난 것 같다. 아델은 울지 않는다. 몸을 잔뜩 웅크리고 있다. 힘겹게 숨을 내쉬고 있다. 아다에게 꼭 매달려 있다. 열쇠공이 올라오지 않은 게 천만다행이다. 허물어진 방, 죽은 아다를 보았다면 얼마나 충격을 받았을까. 아델을 안아 옆방으로 옮겨서 뉘었다. 거의 아무런 무게도 없었다. 옮길 때도 아무런 저항을 하지 않았다. 날 알아보는지 모르겠다. 서둘러 아다를 씻겼다. 공동묘지가 침몰했으니 아다는 정원에 묻힐 것이다. 초를 찾아 아다 침대 주위에 켜놓는다. 어쨌거나 그녀는 내 언니다. 그토록 앓다가 이제야 구원받은 거다. 그런데 온갖 병을 다 이겨냈던 그녀가 어떻게 종기에 굴복하고 말았을까? 육신에 싸울 기

력이 남아 있지 않았던 거다. 창문을 열자 나방이 밀려들어
온다. 촛불 주위를 맴돈다. 방안에 생기를 불어넣는다. 이렇
게 많은 나방은 본 적이 없다. 아다가 죽었다는 사실도 거의
잊어버린다. 할머니 것이던 레이스 면사포로 그녀 얼굴을 덮
는다. 촛불의 빛과 레이스 면사포가 어우러지니 아다가 아
다답다. 아델의 종기를 더듬어본다. 아다 종기를 빼닮았다.
아델은 척추 근육만 제외하면 아직 건강하다. 그녀는 사막
이 장엄을 삼킨다고 한다. 헛소리를 하는 거다. 자기가 영화
속에 있다고 믿는다. 나는 아델과 아다 사이를 왔다 갔다 한
다. 이들에게 병을 옮긴 것은 현장 소장이다. 언니들은 늦은
견뎌냈을 것이다. 어렸을 때 장엄을 떠났지만 그들도 나처
럼 이곳에서 태어났다. 나는 그들을 위해 할 수 있는 모든 것
을 다했다. 언니들의 말년은 암울했고 특히 아델이 그렇다.
죽음, 그건 삶보다 나쁘다고 그녀는 말했다. 이미 자신을 죽
은 사람이라 생각했던 것 같다. 비가 오기 시작했다. 호텔 안
에도 비가 온다. 대야를 놓아야만 했다. 아델의 여우털 코트

가 짖는다. 아델에게 할머니의 숄을 주었다. 덜덜 떨고 있다. 아다는 자고 있는 것처럼 보인다. 아델은 점점 숨을 거칠게 내쉰다. 나는 화장실에 가서 대야를 비웠다. 슬픈 밤이다. 늪의 수위가 높아지고 있는 중이다. 이처럼 비가 많이 오면 항상 그랬다. 아다를 묻기에는 정원에 물이 너무 많을 것이다. 이 비가 나쁜 시기와 맞아떨어진 것이다. 내게 남은 새 시트 중 하나로 아다를 쌀 것이다. 할머니가 장엄호텔이란 글자를 수놓은 시트다. 이 시트를 손님에게 내놓고 싶지 않았다. 큰일을 위해 남겨두었다. 할머니는 수놓는 솜씨가 있었다. 글자가 확연히 드러난다. 아델이 울부짖기 시작했다. 그녀에게 공기가 필요했다. 그녀의 근육이 경직된다. 시트를 너무 세게 움켜쥐는 바람에 찢겨져 나갔다. 그녀는 손아귀에 똘똘 뭉친 시트 자락을 움켜쥔다. 너무 꼭 쥐고 있어서 빼앗을 수 없다. 나는 기절할 것만 같이 어지러웠다. 대야를 비운다. 늪의 물이 계속 높아진다. 장엄은 머지않아 물에 포위될 것이다. 이제는 결코 예전과 같지 않을 거다. 철도는 정원 반대편으로 지날 것이다. 기차는 정차하지 않을 것이다. 호텔에 손님을 몰아주지 않을 것이다. 기차에서 보면 늪 위로 장엄이 우뚝 솟아오를 것이다. 아델이 나를 아다라고 부른다. 그리곤 아델도 죽었다. 언니들은 같은 병으로 죽었다. 아델의 얼굴을 씻겨준다. 그녀도 할머니의 면사포로 덮어주었다. 아델을 아다 곁에 눕혔다. 이제 내겐 언니가 없다. 장엄뿐이다. 나는 아다와 아델을 잘 이해하지 못했다. 그러나 그들은 호텔에서 편안히 살았다. 어머니는 아다와 아델은 데려가면서 왜 나는 할머니에게 맡겼을까? 나는 어렸을 적의 언니들 사진을 아직도 간직하고 있다. 어머니는 항상 배경 속에 희미하게 서 있다. 이 파리 떼를 어떻게 하면 쫓을 수 있을까? 파리 떼가 유인된 것이다. 아다와 아델에게 덕지덕지 붙는다. 대야는 물과 빠져 죽은 파리로 그득하다. 이 파리들이 파이프를 막히게 할 거다. 이럴 때가 아니다. 해가 떴다. 희한하고도 놀라운 일이 기다리고 있었다. 둑이 가운데 부분만 빼고는 거의 물에 잠긴 것이다. 충분히 높게 쌓지 않았던 거다.

장엄호텔

개통식이 연기되겠지. 물이 빠지고 나서야 철도청은 그 피해 상황을 깨달을 것이다. 손님이 오면 언니들을 호텔에 데리고 있을 수 없다. 물이 찬 정원에 묻을 수도 없다. 물에 잠기지 않은 둑의 중앙에 묻는 것 외에는 달리 방법이 없다. 둑은 언니들을 묻을 수 있을 만큼 충분히 넓다. 둑이 있으면 적어도 공동묘지에서처럼 물에 잠기진 않을 것이다. 수위가 더 이상 높아지지 않았다. 하룻밤 사이에 쏟아진 물치곤 엄청났다. 아다와 아델은 각각 장엄이라 수놓인 새 시트에 싸였다. 글자가 참 잘 보인다. 시트에 싸이니 누가 아다고 누가 아델인지 구분할 수 없다. 할머니 손으로 수놓은 장엄호텔이란 글자가 있는데 그건 알아 무엇할까.

아다와 아델을 위해 목수에게 관 두 개를 주문했다. 언니들에게 당연히 해줘야 할 만하다. 관 위에 장엄호텔이 새겨져 있다. 평범한 관이지만 아주 튼튼한 나무로 된 것이다. 나뭇값이 비싼지라 나는 목수에게 빚을 졌다. 내겐 한 푼도 남지 않았다. 장엄에선 돈이 벌리지 않았고 관리하는 데 비용만 축난다. 목수가 나를 도와 관에 못질을 했다. 언니들은 그 안에 영원히 갇혔다. 관은 튼튼하게 못질되었다. 열릴 염려가 없다. 둑은 언니들을 묻기에 좋은 장소다. 항시 흙이 밀려다니는 늪 같지 않은 안전한 장소다. 늪이 공동묘지를 삼켜버린 이후로 할머니의 관이 지금 이 순간에 어디 있는지 누가 알겠는가? 땅속에는 사람들을 천천히 빨아들이는 지하 강이 있어서 한번 거기에 잡히면 영영 끌려다닌다고 한다. 아마 공동묘지의 무덤들도 그렇게 되었을 것이다. 할머니는 늪에 관해 아무리 얘기해도 도대체 듣질 않았다. 자신이 잘 안다고 믿었다. 할머니는 공동묘지를 믿지 말았어야 했다. 무덤들이 가라앉고 있었고 남는 건 폐허뿐임을 잘 알고 있었다. 할머니는 자기가 가장 강하다고 믿었다. 이제는 자신의 관마저 먹혀버린 지경이다. 언니들 관에도 같은 일이 벌어지는 걸 나는 원치 않는다. 둑에서 항상 마른 채로 있기를 바란다. 둑이 적어도 뭔가 쓸모가 있다니. 철도청

장엄호텔

은 예정된 날에 개통할 수 없을 것이다. 나야 걱정할 필요가 없다. 기차가 둑을 지나 언니들 무덤을 뒤흔들려면 아직 멀었으니까. 현장 소장은 의기양양하게 떠났다. 머지않아 나쁜 소식을 듣겠지. 그가 충격에서 헤어나지 못하길 기원한다. 아다와 아델의 죽음은 그의 책임이니까. 그는 거리낌이 없었다. 그는 자기 세균을 주입할 수도 있다는 걱정은 조금도 하지 않고 아다의 코앞에서 숨을 내뿜었다. 그리고 아다도 주의하지 않았다. 그녀는 아델이 생각이 짧다고 투덜거렸다. 그러나 자신은 한 치 앞도 내다보지 못했다. 너무 부주의해서 병이란 병은 몽땅 걸렸다. 아다와 아델은 학교를 제대로 다니지 않았다. 어머니를 비난하려는 것은 아니다. 아다와 아델은 도무지 위험을 의식하지 못한다. 자기방어를 할 줄 모른다. 어머니는 장엄을 떠나 아다와 아델을 부양할 만큼 당차지 못했다. 나는 어머니를 모른다. 언니들이 어머니를 닮았을 테지. 어디 묻혔는지조차 모른다. 언니들은 어머니의 죽음에 대해 전혀 얘기하지 않았다. 관에 약품을 넣

는 걸 잊을 뻔했다. 둑에서 마른 상태로 있더라도 온갖 종류
의 위협으로부터 벗어난 건 아니다. 목수가 내게 준 최신 약
품이 제일 좋다. 언니 방의 무너진 대들보를 제외하곤 목재
가 잘 버티고 있다. 물론 지금은 훤히 들여다보이는 진짜 구
멍이 숭숭 뚫렸으니 그리 좋은 목재라 할 수 없지만, 그러나
지탱하고 있고 그게 중요한 거다. 약품은 냄새가 고약하지
만 아주 썩어 문드러져 더 이상 썩을 것도 없는 목재의 부패
를 지연시키는 효능은 있다. 하마터면 관에 두터운 칠을 입
히는 걸 잊을 뻔했다. 목질이 아무리 좋더라도 약품이 없으
면 금세 공격당할 것이다. 언니들에게 준 관이 대번에 목재
병균에 공격받는 나무로 된 건 아니다. 이번 홍수는 늪이 있
은 후로 가장 규모가 큰 것 중 하나다. 장엄까지 온 손님은
겨우 하나 있다. 그리고 여기까지 오느라고 발을 흠뻑 적셔
야 했다. 통로를 잘 알아야 한다. 물에 잠겨 있어서 아주 깊
고 함부로 내디딜 수 없는 곳처럼 보인다. 물이 몇 센티미터
밖에 없는 유일한 곳이 바로 그 통로다. 할머니는 홍수의 위

장엄호텔

험을 감안했다. 그녀는 장엄이 외부세계와 단절되는 걸 원치 않았다. 그래서 결코 물에 완전히 잠기는 적이 없는 통로가 있는 곳에 호텔을 세운 거다. 침수되지 않는 유일한 지점을 골랐다는 사실이 그녀가 늪을 완전히 이해했음을 증명해준다. 가장 최악인 것은 바로 오두막이다. 물에 잠겼다. 목재는 머지않아 완전히 썩을 것이다. 다시 쓸 수 없을 것이 거의 확실하다. 장엄은 그 매력 중 하나를 잃을 것이다. 어떤 손님들은 오두막에 무척 애착을 가졌다. 아쉬워할 것이다. 수리할 수 없다. 요즘은 그런 오두막은 짓지 않는다. 그 사고뭉치인 변기만 만든다. 물론 변기는 장엄의 고질적인 주요 근심덩어리다. 무슨 수를 써서라도 유지를 해야만 한다. 늪에는 장엄이 필요하다. 장엄은 할머니가 그토록 자랑스러워했던, 니스를 칠한 아름답던 목재 전면을 상실했다. 추한 모습을 드러냈다. 하지만 그런대로 버티고는 있다. 사람들은 공연히 트집 잡는 거다. 장엄이 탄탄하다는 증거로 둑은 공사가 끝나자마자 거의 다 물에 잠겼다. 그리고 물에 잠긴 부분에서 무슨 일이 벌어질지, 이미 잠긴 데에서 어떤 피해가 일어날지 누구도 몰랐다. 그런데 장엄은 물에 잠긴 적이 한 번도 없었다. 할머니는 늪을 연구한 지질학자보다 늪을 잘 알고 있었다. 그녀는 유일하게 침수되지 않는 지역을 골랐다. 반면에 장엄이 한 번도 침수되지 않은 건 기적이다. 물이 항상 몇 미터 앞에서 멈춘다. 지금 같은 상황에 호텔에 물이 든다면 그것은 바로 장엄의 죽음이다. 늪의 물은 산성이라 닿는 곳마다 공격한다. 기초공사에 스며든 물이 바로 그 증거다. 물이 침범한 부분만 삭아 있다. 하지만 기초가 모두 침범당하지 않는 한 장엄은 버틸 것이다. 아다는 장엄에서 아무런 위험도 없었다. 그리고 아델은 아다의 병에 전염되었기 때문에 죽었다. 나도 현장 소장이 쥐에 물리고 그 쥐가 병을 옮기리란 걸 예상할 순 없었다. 쥐는 여태껏 아무런 해도 입히지 않았다. 하긴 쥐 탓도 아닌 것이, 야영지에 쓰레기를 버려 썩게 한 공사판 사람들 잘못이다. 평소엔 침대에서 살던 아다가 간호사 노릇을 하고 싶어 했던 것이 정말 악운이다. 언니

장엄호텔

들에게 한방을 쓰게 한 내가 잘못한 건지도 모른다. 아델이 자기 방을 가졌더라면 아직 살아 있을 것이다. 이렇게 되리라곤 나도 몰랐다. 언니들은 장엄에서는 아무런 위험도 없었다. 뒤죽박죽으로 만든 게 공사판이다. 나도 공사가 의미하는 위험을 알지 못했다. 그저 십장들의 안락함만을 생각했다. 나도 몰랐으므로 스스로를 자책할 필요는 없다. 아무튼 언니들은 내 말은 듣지 않았다. 나는 그들에게 아무런 힘도 행사할 수 없었다. 비가 멈췄다. 관에 바른 약품이 말랐다. 약품 냄새가 나무 냄새, 그리고 언니들 냄새와 뒤섞였다. 이런 냄새들이 섞이니 이상한 냄새가 되었다. 언니들을 매장할 때가 되었다. 장의사가 머지않아 올 것이다. 관을 메고 가 무덤을 파는 일은 그들 몫이다. 물이 새는 내 보트보다는 그들 보트의 상태가 낫다. 내 보트에 실으면 관 무게 때문에 무슨 일이 일어날지 모른다. 관을 수송하기 위해 특별히 제작된 장의사 보트를 이용하는 게 낫다. 늪의 한가운데에 있는 장엄에서 둑의 미침수 지역까지는 꽤 먼 거리다. 언니들이 늪에서 하는 마지막 여행이 될 것이다. 늪을 지나는 걸 아다가 좋아하지 않을 것임을 나도 잘 알지만 둑에 묻으려면 달리 방법이 없다. 둑의 그 부분은 아주 안전하며 전혀 붕괴의 조짐을 보이지 않는다. 할머니가 묻힐 때는 홍수가 없었다. 공동묘지에 가기 위해 배를 탈 필요가 없었다. 언니들 관과 함께 배에 타니 이상한 생각이 든다. 언니들은 장엄을 영원히 떠나는 거다. 나는 해가 중천에 있는데도 네온사인을 그대로 켜놓았다. 오늘은 예사 날이 아니다. 언니들의 장례식 날이다. 나는 할머니 장례식에 입었던 외투를 입는다. 그러나 이 두 날은 전혀 같지 않다. 사람들이 묻고 있는 것이 할머란 실감이 나지 않았다. 그런데 지금 묻으러 가는 게 언니들이란 걸 나는 분명히 알고 있다. 이제야 언니들은 진정으로 내 언니가 되었다. 그건 아마 언니들을 씻기고 면사포를 씌워주었기 때문일 것이다. 장의사들이 치르는 진짜 장례식, 장엄이란 글자가 대문자로 예쁘게 찍힌 관이 있는 장례식을 언니들에게 해주고 싶었다. 언니들은 자신이 생각했던 것보다도 훨씬 더 이 장엄에 속해 있었다. 나는 둑이 건설된 걸 더 이상 원망하지 않는다. 늪은 장엄에 속해 있었다. 늪에는 장엄의 시체를 묻을 안전한 장소가 부족하다. 나는 할머니의 무덤 은 걱정하지 않았다. 비록 실패로 끝났지만 무덤을 폐허에서 구하려 했던 건 아다다. 그녀는 공동묘지를 침몰시키는 늪에 대항하여 아무것도 할 수 없었다. 언니들 무덤에 똑같은 일 이 일어나는 걸 나는 원치 않는다. 나는 언니들이 어떤 위협 도 받지 않고 관 속에서 뽀송뽀송 마른 채로 있길 바란다. 그 들이 편안하길 바란다. 둑 덕분에 아무런 걱정도 없다.

장의사는 일을 잘 처리했다. 각각의 무덤에 묘비를 세웠다. 거기에 이렇게 쓰여 있다. '아다와 아델, 장엄에서 태어나 장엄에서 죽다.' 어느 날 기차를 타고 둑을 지나면서 사람들은 무덤 위의 묘비를 보리라. 둑 위에선 늪과 늪을 굽 어보는 호텔이 훤히 보인다. 하관하는 동안 나는 목이 메었 다. 장의사가 청구서를 보냈다. 그에게 거액의 빚을 졌다. 빚이 다시 쌓인다. 영원히 벗어나지 못할 것이다. 상복을 입었다. 로비의 할머니 사진 곁에 아델과 아다의 어릴 적 사진을 걸었다. 그 배경 속에서 평소와 다름없이 그 희미한 어머니 모습이 보인다. 호텔에 들어서면 두 사진이 대번에 눈에 들어온다. 어쨌든 언니들은 장엄에서 태어났다. 어머니가 그들을 장엄에서 멀리 데리고 갔다지만 그건 그들 탓이 아니다. 나는 호텔을 조금씩 정리해 나갔다. 산 사람은 계속 사는 거다. 모든 창을 열고 악취를 뺐다. 내 기력도 쇠진해간다. 비가 멈추자 추위가 들이닥쳤다. 늪의 물이 정상으로 되돌아왔다. 별채도 예전 같지 않다. 절반이 허물어졌다. 다시 쓰지 못할 것이다. 손님들도 선택의 여지가 없을 것이다. 변기도 더 이상 변기 같지 않다. 수세식이 아니라 양동이를 사용해야만 한다. 변기를 뚫어보려고 최선을 다했지만 점점 어렵다. 장엄의 격리구역 조치도 풀렸다. 전염 위험이 없다는 거다. 그렇지 않아도 추위가 병균을 죽인다. 현장 소장은 내게 조문 편지도 보내지 않았다. 철도청의 기술자들이 호텔

에 들었다. 홍수가 끝났으니 둑을 검사해야만 했다. 철도청
에겐 혹독한 충격이었다. 철도가 몽땅 녹이 슬어 고철에 불
과했다. 내가 이미 현장 소장에게 귀띔해주었던 둑의 그 부
분이 전보다 현저하게 주저앉았다. 늪은 계속해서 둑을 빨
아들인다. 둑도 더 이상 둑이 아니다. 무슨 이유로 둑의 어떤
부분은 무너지지 않았는지 모른다. 그건 아마도 지하수 물
길과 관련되었을 것이다. 기술자들은 모든 가능성을 검토한
다. 그중 어느 것으로도 결정하지 못한다. 그들 말에 의하면
다른 노선을 택하고 좀 더 강하고 적절한 자재를 사용한다
해도 철도가 늪지대를 안전하게 지날 수 있다는 아무런 보
장도 없다는 거다. 기술자들은 시도해볼 가치도 없다고 생
각한다. 지질학자들은 그들이 그토록 자랑했던 노선 설계로
인해 철도청에 막대한 손실을 입혔다. 그들은 아무런 결론에
도 이르지 못했던 탐사반에 대해 자신들의 우위를 증명하고
싶어 했던 거다. 기술자들은 이번 일은 철도청이 그 미숙함
을 여실히 드러낸 거라 한다. 이제 철도청은 어떤 확실한 보

장을 원한다. 지질학자들은 확률만으로 자족했다. 기술자들에 따르면 늪에서는 어떤 보장도 없다는 거다. 철도청은 늪에 둑을 쌓으며 너무 많은 돈을 허비했다. 이 노선을 포기하는 게 낫다. 철도는 문제되는 늪지대를 벗어난 곳에 놓일 것이다. 늪지대는 문자 그대로 불안정한 영역이다. 이렇게 된다면 늪은 더 이상 기차 소음으로 시끄럽지 않을 거다. 기술자들은 오랜 숙고 끝에 이 결론에 도달했다. 나는 그들이 장엄에 대해 좋은 추억을 갖길 원한다. 매일 밤 그들은 방에 따뜻한 불, 사람을 덥혀주는 진짜 불을 갖고 있다. 기술자들 방을 덥히기 위해 태우는 장작은 별채를 부순 나무다. 이제 별채는 없다. 물이 얼었는데도 파이프는 터지지 않는다. 매일 아침 나는 덩어리가 지지 않게 하기 위해 얼음 조각을 깬다. 기술자들은 건강했다. 날씨가 추울 때 늪이 가장 건강해진다. 기술자들은 그들 입맛엔 장엄이 조금 구식이라 생각하지만 분위기를 좋아하는 듯하다. 나는 지금에 와서 장엄이 높은 등급으로 올라가길 바랄 순 없다. 계산을 아무리 해도 별수없다. 수지를 맞출 수 없다. 내겐 언제나 빚이 남았다. 호텔 평판에 유리할 리 없다. 빚이 있으면 신뢰도가 떨어진다. 해결책을 못 찾겠다. 별채가 없어졌고 변기도 수세식이 아니니 방값을 내릴 수밖에 없었다. 목수가 불쌍한 내 언니들 방의 대들보를 고치러 왔다. 그 방은 침대가 두 개이고 식민지 시대의 호텔을 연상케 하는 이국적 양탄자 때문에 가장 인기 있는 방이다. 나는 결국 할머니 방을 내가 쓰기로 결심했다. 처음으로 나만의 독방을 갖는 거다. 그러나 방에 있을 시간이 없다. 잠만 자러 간다. 거기에선 아다가 아델을 소리쳐 부르는 꿈만 꾼다. 언니들이 묻혀 있는 둑에 자주 산책을 간다. 둑의 그 부분은 견고하다. 아무런 피해도 입지 않는다. 아다와 아델의 이름이 잘못 새겨졌다. 벌써 지워지기 시작한다. 하지만 장엄호텔이란 글자는 여전히 분명하게 남아있다. 언니들은 벌써 조금은 잊었다. 나도 기억력이 나쁜가보다. 풀이 무덤을 덮기 시작한다. 호텔로 돌아가는 그 순간이 참 좋다. 멀리 호텔이 보인다. 장엄호텔은 약간 오른쪽으

로 기울었다. 자세히 봐야 알 수 있다. 그러나 한 번 눈여겨
본 다음부터 아주 분명하게 드러난다. 틀림없이 지반 때문
일 것이다. 물이 스며들어 부실해진 것이다. 나야 아무런 대
응도 할 수 없다. 요즘 네온사인은 밤낮으로 켜져 있다. 나
의 유일한 호사다. 가끔 대낮에도 손님이 방을 찾는다. 네온
사인 덕분에 멀리서 호텔을 본 것이다. 네온사인에 이끌린
것이다. 철도청에선 더 이상 아무런 소식이 없다. 늪을 완전
히 포기해버린 거다. 장엄에 머무는 손님은 철도청에서 일하
는 사람이 아니다. 호텔은 예전 손님을 되찾은 거다. 여행자
들은 늪을 통과하는 지루한 여행을 앞두고 장엄에 잠깐 머
물게 되어 흡족해한다. 지나치게 까다로운 손님들이 아니다.
내가 안심할 수 있는 유일한 변기는 내 방의 것이다. 나는 손
님들이 쓰도록 해준다. 그들의 안락함을 위해선, 아무리 노
력해도 막히기만 하는 변기는 쓰게 하지 않는 게 낫다. 화장
실을 찾아 드나드는 손님들 때문에 내 방은 내 방이 아니다.
일층에 있는 방 중에서는 유일하게 아무 문제가 없는 방이

장엄호텔

내 방이다. 일층과 이층 사이의 배관이 부실하게 설치된 것이다. 배관은 서로 연결되어 있다. 이것이 아마도 모든 게 막히는 이유에 관한 설명이 될 것이다. 나는 손님들과 일정한 거리를 둔다. 하지만 그들을 위해 나는 철저히 봉사한다. 파이프들은 점점 울퉁불퉁해진다. 누수는 미미했지만 지속적이다. 습기와 곰팡이도 호텔의 일부가 되었다. 내가 할 수 있는 건 아무것도 없다. 목수에게 진 빚을 갚기 위해 축음기를 팔았다. 언니 관 값은 청산했다. 목수가 끊임없이 청구서를 들이밀며 괴롭혔다. 어깨와 목을 따뜻하게 하기 위해 아델의 여우털 코트를 입었다. 내 몸에 조그만 종기가 난 걸 발견했다. 주의 깊게 관찰했는데 더 커지진 않는다. 아주 조그맣고 아프지도 않다. 미처 생각하지 못했다. 틀림없이 아델의 코트를 통해 감염되었을 거다. 내가 경솔했다. 다행히도 나는 병균에 면역되었다. 이기지 못하는 게 있다면 류머티즘뿐이다. 변기 청소하기가 불편하다. 그러나 이런 습기 속에서 어떻게 류머티즘에 걸리지 않을 수 있을까? 손님조차 병을 얻어 장엄을 떠난다. 호텔이 조금 기울어서 네온사인도 조금 기우뚱하다. 호텔에 유리한 선전이 될 리 만무다. 멀리서 네온사인이 기울어진 것만 보고도 사람들은 장엄이 변변치 못한 상태에 있다고 생각한다. 그게 손님을 잃게 만드는 거다. 장엄은 더 이상 만원이 되지 않는다. 몇 방만 들어도 나 하나 사는 데는 부족함이 없다. 아무튼 만원이 된다 해도 빚을 갚지는 못할 거다. 장의사가 장례식 비용을 갚으라고 청구서를 보냈다. 창문의 커튼이 낡았다. 장엄은 버려진 집처럼 보인다. 그렇지만 버려진 건 아니다. 나도 예전 같지 않다. 변기를 뚫는 대신에 몇 시간씩 늪을 바라보며 창 앞에 서 있는 적도 있었다. 늪엔 서리가 내려 장관이다. 한 줄기 햇살만으로도 늪 전체가 빛난다. 네온사인이 자꾸 꺼진다. 접촉이 나쁜가 보다. 장엄의 모습이 창피하게 느껴지는 날들도 있었다. 그러나 늪의 장관이 나의 모든 슬픔을 달래주었다. 장엄의 장점은 독특한 위치에 세워졌다는 거다. 늪은 잘 알려지지 않았다. 철도청이 포기한 후부터 아무도 관심을 갖지 않는다. 불치병을 옮기는 쥐가 있다는 불길한 소문이 떠돈다. 그러나 쥐들도 공사 이전의 편안한 일상을 되찾았다. 손님들은 의심이 많다. 소문에 귀가 솔깃하다. 로비 게시판의 공고문 옆에다 또 다른 공고문을 써 붙였다. 손님들이 잘 보도록 붉은 글씨로 썼다. '호텔의 쥐는 박멸되었으며 늪의 쥐는 무해합니다.' 그러나 그것만으론 손님을 안심시킬 수 없다. 아델의 여우털 코트를 다시 입지 않았다. 점점 더 악취가 난다. 언니들의 다른 옷가지와 함께 태워버렸다. 나의 종기는 여전히 아주 조그맣다. 공연한 걱정이었다. 커지지만 않는다면 종기 정도 있는 건 정상이다. 계단이 낡았다. 손님들이 이층으로 올라갈 때 안전하지 못하다. 금방이라도 무너질 것 같은 층계들이 있다. 목수를 불렀다. 대목이나 소목이나 모두 장엄에는 오려 하지 않는다. 장엄은 더욱더 고립되어간다.

아다와 아델은 눈 덮인 늪을 본 적이 없다. 늪이 온통 하얗다. 장엄도 온통 하얗다. 네온사인이 더 이상 켜지지 않는다. 틀림없이 눈 때문일 것이다. 눈 덮인 호텔은 새 건물 같다. 흠잡을 게 없다. 손님이 장엄까지 오도록 통로의 눈을 치웠다. 네온사인이 꺼진 게 행운이랄 순 없다. 전기공은 눈을 핑계 삼아 오길 거부한다. 여행자들은 호텔을 보지 못한 채 늪을 지나갈 것이다. 눈 때문에 장엄은 늪과 구분되지 않는다. 호텔에 손님이라곤 한 사람뿐이다. 그 사람도 좋아 보이진 않는다. 변기를 뚫으러 들어갔을 때 등을 돌리는 것이었다. 한 달 방값을 선불한 걸 보면 한 달 내내 투숙할 모양이다. 계단을 조심하라고 일러주었다. 층계가 겉보기와는 달리 위험하다. 그러나 방에서 나오지 않으니 그럴 위험은 없다. 그가 아다와 아델의 방을 쓰고 있다. 그는 아마도 이국적 꽃이 수놓인 양탄자 때문인지 그 방을 고집했다. 침대가 두 개라고 웃돈을 냈다. 하루 종일 뭘 하는지 모르겠다. 말수가 적다. 장엄을 택한 건 아마 조용하기 때문이리라. 변기를 거의 쓰지도 않으니 내가 할 일도 별로 없다. 속내를 드러내는 손님이 아니다. 그는 호텔의 불편한 점에 무관심한 것처럼 보인다. 그렇지만 누수 때문에 틈틈이 그의 방에 들러야만 했다. 호텔이 생긴 이래 가장 심하게 물이 샜다. 파이프에 많은 방수 도료를 발랐는데도 계속 샌다. 손님은 방을 바꾸려들지 않는다. 누수 때문에 불편할 텐데. 다른 방은 모두 비어 있다. 할머니 방의 하수도가 막히고 있는 중이다. 배수가 점점 안 되고 있다는 신호이며 다른 방까지 확대되고 있다. 다행히 눈이 있어 소음, 그게 파이프에서 나는 소음일지라도 모두 흡수한다. 손님은 철도청에서 은퇴한 사람일지도 모른다. 여생을 늪 가까운 곳에서 조용히 마치려는 거다. 그는 혈액순환이 좋지 못하다. 호텔 물이 혈액순환에 좋은 특이한 효능이 있음을 알았을 것이다. 그는 물을 많이 마신다. 방값을 개의치 않고 모두 지불한다. 아주 조심한다면 손님 하나로도 나는 살 수 있다. 그는 내게 최소한의 잡일을 맡긴다. 문제는 항상 변기다. 나아지기는커녕 악화되고 있다. 도무지 뚫을 수 없어 고민이다. 화장실을 폐쇄해야 할는지도 모른다. 대단히 어렵고 힘든 결정이다. 더구나 자신의 호텔을 단번에 특급 수준으로 격상시킨 이 시설을 자랑스럽게 여겼던 할머니를 생각하면. 조만간 과감히 폐쇄해야만 할 것이다. 그렇지 않으면 낭패를 당하겠지. 완전히 막혀버리면 어찌할 것인가? 끔찍할 것이다. 호텔은 그 즉시 사람이 살 수 없는 곳으로 변할 것이다. 호텔이 계속 열려 있길 바란다면 무슨 수를 써서라도 그건 피해야 한다. 눈물을 머금고 나는 로비에 안내문을 써 붙인다. '변기 사용금지. 조금만 사용해도 완전히 막힐 우려가 있음. 양동이를 써야 함.' 나는 이 사실을 손님에게 먼저 알리기 위해 메모를 그에게 보인다. 그는 아무 말없이 읽는다. 메모와 함께 양동이 두 개도 가져다주었다. 그리고 아침저녁 하루에 두 번씩 양동이를 비워주겠다고 약속했다. 정원 한구석 별채가 있던 자리에 물을 버려야겠다. 양동이를 비우기엔 최적의 장소다. 나는 다시 방값을 내렸다. 호텔이 안락하지 못하기 때문이다. 내겐 부담이 되었지만 유일한 합리적 해결책이다. 손님들 자신이 물통을 갈아야 할 것이다. 장기투숙 손님은 오래 체류

장엄호텔

하니까 예외로 한다. 그 외 다른 경우에는 나도 힘이 부쳐 모든 물통을 갈아줄 수 없다. 믿기 싫었지만 분명한 사실은 눈이 모두 사라졌다는 거다. 그동안 버티고 있던 둑도 거의 눈에 띄지 않는다. 잠긴 부분이 표면 부분을 서서히 그 붕괴 운동 속으로 끌어들이고 있다. 둑 전체가 가라앉는다. 내가 헛된 희망을 가졌던 거다. 둑도 공동묘지처럼 가라앉을 거다. 언니들 무덤도 사라질 것이다. 그리고 그들의 아름다운 목재관에 물이 차겠지. 아다와 아델도 늪에서 헤어나지 못할 것이다. 밑바닥 어느 곳에선가 할머니와 만나게 될 것이다. 언니들에겐 늪 구덩이에서 떠돌이로 헤매는 종말을 면하게 해주고 싶었는데 그걸 이루지 못한 거다. 언니들 역시 휩쓸려 갔다. 아무것도 늪에 대항할 수 없다. 눈이 내리면 그 무게로 둑이 조금씩 사라질 것이다. 늪에 버티는 건 오로지 장엄뿐. 할머니가 집 세울 자리를 잘 찾았기 때문이다. 이 자리는 자연 건조된 늪지 같다. 그러나 늪이 존재함을 잊어선 안 된다. 지하수맥이 있기 때문이다. 호텔은 물이 스며든 지반을 위시

하여 모두 늪에 포위되어 있다. 호텔이 기우뚱해도 쓰러지진 않는다. 눈이 목재 부분에 좋을 리 없다. 늪에는 점점 인적이 뜸하다. 손님도 드물다. 물통을 비우기 위해 정원에 나가는 모든 물통을 소독한다. 장기투숙 손님은 아주 살려는 모양이다. 이곳에 익숙해졌다. 안색이 좋은 걸 보니 틀림없이 혈액순환이 잘되는 것 같다. 창을 열 때는 주의해야 한다. 눈의 무게로 발코니가 무너졌기 때문이다. 장기투숙객은 계단이 무서운지 전혀 내려오지 않는다. 물통을 비워주었더니 고마워한다. 호텔에 있으면 늪 냄새를 느끼게 된다. 대들보가 허술하니 기와가 들떠서 바람이 들어온다. 종이와 걸레로 틈을 막아보려 했다. 하지만 완전히 막지 못했다. 그러니 늪 냄새가 호텔로 들어온다. 나는 잊지 않고 기관지 치료를 위한 훈증요법을 한다. 장기투숙객에 대해 불평할 수 없다. 통로가 불안하니 손님이 있으리란 보장이 없다. 지속적으로 묵고 있는 장기투숙객은 규칙적 수입원이다. 호텔이 완전히 비게 되면 견딜 수 없을 거다. 손님이 하나 오면 그건 대사건이다. 몇 주일 동안 한 명도 없는 경우도 있다. 손님에겐 항상 할머니 방을 주었다. 익숙하지 않은 사람에겐 계단이 너무 위험하다. 손님은 가장 아름다운 방에서 잘 권리가 있다. 나는 이 방이 아니라도 잘 잘 수 있다. 조그만 사무실이 더 좋았다. 여전히 빚이 있지만 다행히도 불어나진 않는다. 추위 때문에 눈이 녹질 않는다. 네온사인이 다시 들어왔는데 반쪽만 켜진다. 저녁에만 켰다. 해가 떨어져 네온사인을 켜면 한 단어에만 불이 들어온다. 여행하는 사람들이 못 볼 리는 없다. 그러나 호텔이란 글자가 켜지지 않으니 여행자들은 장엄이 호텔인지 알 수 없다. 손님이 점점 뜸해지는 이유가 거기에 있다. 내겐 장기투숙객만이 남았다. 그는 떠날 생각을 하지 않는다. 저녁이면 나는 창가에 선다. 반만 켜진 네온사인과 함께 장엄이 눈 위에 비친다. 글자도 호텔처럼 기우뚱하다. 배를 탄 것 같다. 멀리서 보면 장엄은 선수가 반쯤 썩어 눈 위에 좌초된 배처럼 보일 거다. 좌초되었으니 완전히 가라앉을 염려는 없다. 둑이 가라앉았다. 할머니와 언니들은 늪의 일부가 되었다. 장엄은 밤낮으로 열려 있다. 손님은 언제나 환영이다. 호텔로 오는 길목에 눈이 쌓였다. 장엄에서는 늪이 잘 보인다. 눈에 덮여도 늪은 늪이다. 할머니의 사업가다운 정신 덕분에 이 고장의 늪 중에서 호텔이 있는 유일한 늪이다. 늪지대 어디에서도 장엄이 잘 보인다. 밤이면 네온사인이 빛나 아주 멀리서도 잘 보인다. 하늘과 눈 위에 두 점이 있다. 그건 장엄의 네온사인이 반사된 빛이다.

묵시론 다음에는?

평론가 Ch. 뫼레가 2010년 묵시론적 문학을 일별한 「그리고, 그다음은?」이란 글의 한 대목이 요새 부쩍 실감난다. "20세기에 묵시론의 위협이 두 차례의 세계대전을 통해 명료하게 구체화되었다(1945년 이후, 핵전쟁의 유령이 인류 절멸의 가능성을 피부에 와닿게 해주었다). 이를 뒤이은 20세기 후반부에는 매번 또 다른 위험이 말세의 두려움을 불러일으켰다. 생태학적 위기, 테러리즘, 새로운 팬데믹이나 전염병 등이 그것이다. (……) 이러한 역사적 맥락에서 문학은 이 말세의 두려움을 내면화하여 새로운 재현의 세계를 생산하게 되었다." 이 글에서 그는 종말에 이르는 과정과 그 이후의 세계를 그린 문학적 사례로 마리 르도네의 소설 삼부작을 들고 있다. 삼부작을 여는 첫 작품 『장엄호텔』은 랭보의 산문시집 『착색 판화집』의 첫 번째 시 「대홍수 이후」를 한 구절 인용하는 프롤로그로 시작된다. "대상은 떠났다. 그리고 얼음과 극지의 어둠 속에서 장엄호텔이 세워졌다." 프롤로그에서 인용한 시 제목 「대홍수 이후」가 뜻하듯 『장엄호텔』은 일말의 희망도 남기지 않고 천천히 심연으로 침몰하는 세계를 이야기한다.

인간의 서사는 태초와 말세 사이에서 벌어지게 마련이다. 태초 이전에는 말이 없었고, 말세 이후에는 역사가 없기 때문이다. 언어와 역사를 빼면 소설은 불가능해진다. 그런데 마리 르도네는 태초 이전과 종말 이후에 시선이 고정되었다. 그녀의 작품은 이제 막 입을 뗀 아기처럼 어눌하지만 에두르지 않는 말로 재난 이후의 세상을 그린다. 『장엄호텔』

이 기존의 문학적 장식이 제거된 언어 혹은 문학 이전의 언어로 쓰였다면, 두 번째 작품『영원의 계곡』의 주인공은 소설 첫머리에서 아예 문맹임을 고백하고, 세 번째 작품『로즈 멜리 로즈』의 주인공 멜리는 옛날 문자만 읽을 줄 알고 현대 문자는 읽지 못한다. 1980년대 말에 발표된『장엄호텔』(1986),『영원의 계곡』(1987),『로즈 멜리 로즈』(1988)는 각기 별개의 줄거리를 갖춘 독립된 작품이지만 동시에 유사한 분위기 속에서 세 등장인물이 일관적 주제를 발전시킨 삼부작으로 묶일 수 있다. 세 작품 모두 빈곤한 어휘력을 구사하는 화자가 위협적 재난에 시달리며 일련의 시련을 겪고 결국 몰락의 결말을 맞는다는 점에서 암울한 묵시론적 주제를 다루고 있다. 위의 평론가가 제안한 표현에 기댄다면 마리 르도네의 주인공은 모두 "묵시론적 주체"다. 시공간 묘사가 간결하고 간간이 과거와 현재를 오가는 회상이 끼어 있지만 독자는 서사가 전개되는 구체적 배경을 확정하기 어렵다. 작가가 고백했듯 일본의 하이쿠로부터 영감을 얻은 짧은 문장은 삼부작

에서 공히 구사된 형식적 특징으로 주목할 만하다. 작가가
선택한 주제와 형식은 어릴 적부터 형성된 그녀만의 고유한
세계관의 결과일 테지만 정식으로 등단하여 집필활동을 시
작할 당시 문단의 저간의 사정도 그 선택과 무관할 수 없다.
작가의 삶과 작품, 혹은 프루스트의 표현을 빌리면 창조적
자아와 사회적 자아는 칼로 무 자르듯 분리되기 어렵다. 편
의상 그 두 개의 실타래를 조금 떼어서 설명해보기로 한다.

어머니의 이름

작가의 생애는 1987년 발표된 『영원의 계곡』의 후기
에 실린 「마리 르도네 자신이 쓴 마리 르도네」에 간략히 요
약되었다. 이에 따르면 "마리 르도네는 1948년 10월 19일에
마르틴느 로스피탈리에라는 이름으로 이 세상에 태어났다."
작가의 아버지 로스피탈리에는 파리 교통공사의 기사였는
데 어머니와의 불화가 극심했던 것으로 작가는 기억한다. 어

린 작가는 "아버지가 없기를 줄곧 바랐고 (……) 아버지와
는 증오와 공포로 연결되었으며 (……) 어머니를 구하기 위
해서라도 아버지를 꼭 죽여야겠다고 늘 생각"하며 어린 시
절을 보냈다. 그런 아버지가 1977년에 숨을 거두자 작가는
"한 달 만에 정신분석에 들어갔다." 우리는 굳이 프로이트
에 기대지 않더라도 마리 르도네 삼부작에서 일관되게 아버
지의 존재가 희미한 이유를 짐작할 수 있다. 스무 살에 만난
남자와 결혼하여 부부가 된 그녀는 남편과 함께 교수 자격
시험에 합격한 후 강단에 서게 된다. 두 사람은 오랫동안 신
경증을 앓은 터라 함께 정신분석을 받았고 글쓰기에 몰입하
여 1985년 각기 첫 작품을 발표했다. 작가로 탄생한 그녀는
아버지의 성을 버리고 어머니의 성 르도네로 개명한다. 마리
르도네로 다시 태어난 그녀는 시와 희곡을 거쳐 1986년 미
뉘이 출판사에서 첫 소설 『장엄호텔』을 발표하고 이듬해 『영
원의 계곡』과 『로즈 멜리 로즈』를 발표하여 삼부작을 완성
했다. 소설 삼부작과 짝을 이루는 희곡 삼부작을 완성한 후

"삶을 바꾸기" 위한 일환으로 미뉘이 출판사를 떠나 P.O.L 출판사에서 1994년 『이제 더 이상은』을 발표하고 「여장남자 장 주네」란 제목의 논문으로 박사학위를 취득했다. 그 후 강단을 떠나 2000년부터 15년간 외교부 소속 문화교육 관리로 모로코에 체류했고 간간이 작품을 발표했으나 평단과 독자의 반응은 초기 삼부작에서 보여주었던 환대와는 거리가 멀었다. 환대와 소외는 작가의 진화와 시대적 환경 사이에서 일어난 조응과 어긋남일 뿐 작품의 문학적 성과와는 별개의 문제일지도 모른다.

문학적 아버지와 만남과 이별

미뉘이 출판사는 1948년부터 탁월한 안목을 지닌 출판인 제롬 랭동이 진두지휘하면서 그가 2001년 사망할 때까지 거의 50년간 기존 출판사에서 외면했던 전위적 신예작가에게 창작의 기회를 제공하여 누보로망, 즉 새로운 소설을

옮긴이 해설

이끌었던 일군의 작가를 배출했다. 그중 알랭 로브그리예가 누보로망의 교황으로서 오랫동안 프랑스 소설계에 큰 영향을 행사했다면 사뮈엘 베케트, 클로드 시몽은 제각기 노벨상을 거머쥐기도 했다. 그 외에도 미셸 뷔토르, 마르그리트 뒤라스 등 프랑스 문단에서 가장 품격 있는 문학세계를 구축한 작가들은 각자 독특한 개성을 지녔음에도 불구하고 오로지 미뉘이 출판사와 가깝다는 이유만으로 '미뉘이 학파'로 분류될 정도였다. 1960년대 초반 이제 더 이상 발자크나 스탕달처럼 소설을 쓸 수 없다며 소설의 전통문법의 성찰과 해체를 주장하여 새로운 소설의 도래를 역설한 누보로망이었지만 1980년대에 들어 그 동력이 시들어가는 추세였다. 그렇다고 해서 젊은 소설가들은 앞서 그들이 일궈낸 이론과 실험을 마치 없었다는 듯 과거로 회귀할 수도 없는 노릇이었다. 예컨대 청춘과 반항의 상징인 젊은 록 가수가 어느덧 노인이 되어도 기타를 부수고 가죽바지 차림에 오토바이를 탈 순 없는 처지가 된 셈이다. 이즈음 문단에 회자되던 새로운 표현이 포스트누보로망, 혹은 누보누보로망이었다. 시간이 흐르며 원형트랙을 도는 주자들이 선두와 후위가 뒤엉킨 와중에 뚜렷한 개성으로 주목받은 남성작가들이 장 에슈노즈, 장 필리프 투생 등이다.

1980년대 중반 소설을 쓰기로 결심한 마리 르도네가 발표한 삼부작은 이런 문학사적 맥락에서 이해되어야 한다. 미뉘이 학파의 유산을 외면하지 않으며 동시에 변별성을 갖춘 신소설만이 그녀에게 허용된 외길이었다. 게다가『연인』이 공쿠르상을 받음으로써 프랑스 여성문학의 정점에 오른 마르그리트 뒤라스가 그녀 앞에서 내달리고 "프렌치 페미니즘"을 이끄는 새로운 여성작가들이 그녀 곁에서 의욕적 숨을 내쉬고 있었다. '전통을 부정하는 전통'을 표방한 누보로망의 무게와 세계적 명성을 얻은 페미니즘의 광휘는 프랑스소설의 든든한 토대이지만 이제 막 소설의 운동장에 들어서려는 늦깎이 작가 지망생의 첫발은 조심스럽고 머뭇거릴 수밖에 없었다. 게다가 1984년 자전소설로 방향을 바꾼

옮긴이 해설

아니 에르노(1940~)가 『남자의 자리』로 르노도상을 받고, 같은 해에 평단과 학계의 존경을 받던 마르그리트 뒤라스 (1914~1996)가 『연인』으로 공쿠르상과 더불어 대중의 사랑까지 만끽하던 시기였다. 이미 시로 문단에 발을 들여놓았지만 신인이나 다름없었던 마리 르도네는 1986년 『장엄호텔』로 평단의 눈길을 끌었고 연이어 발표한 삼부작이 완성되자 그녀는 프랑스 여성문학을 대표하는 작가로 앞선 세대인 뒤라스, 에르노의 작품세계와 비교연구의 대상으로 떠올랐다. 할머니에게 물려받은 호텔이 자부심의 원천이자 유일한 존재 이유인 어눌한 화자를 내세운 소설로 그녀는 단숨에 여성문학의 샛별로 떠오르는 듯했다. 그런데 이후 발표한 희곡과 소설 등은 더 이상 세간의 주목을 끌지 못했고 그녀가 자신의 "글쓰기의 아버지"라고 여겼던 제롬 랭동이 2001년 사망하자 그녀는 거의 십여 년간 긴 침묵에 빠지고 만다. 북아프리카 모로코에서 그녀는 질 들뢰즈의 『소수자 문학』을 탐독하며 새로운 글쓰기를 모색한 끝에 2016년 『콜트 45

권총을 든 여인』으로 문단에 돌아왔다. 그러나 평단과 독자에게 마리 르도네는 여전히 『장엄호텔』을 비롯한 초기 삼부작의 작가로 각인되어 있다. 『장엄호텔』이 출간된 지 35년이 지난 요즘, 늪에 빠져 온갖 질병에 시달리다 주변 사람들이 시름없이 죽어가는 모습을 우두망찰 지켜보는 화자에게서 우리의 모습이 보이기도 한다.

수몰된 세상

1980년대 중반에 등장한 '후기' 미뉘이 학파의 공통 관심사는 서사의 복원이었다. 그런데 장 에슈노즈는 서사성이 강한 장르인 추리소설을 희극적으로 패러디하는 방식을 취한 반면 마리 르도네의 경우에는 서사의 복원은 다소 소극적인 편이지만 주제의식만큼은 명료했다. 1987년에 발표된 그녀의 인터뷰를 인용하면 "백지 위에 첫 번째 중요한 단어를 쓰기 시작했는데 그것은 바로 '시체'였다. 그것은 앞으로 내 글쓰기가 생산될 디딤돌이 될 단어였다." 과연 『장엄 호텔』은 죽음으로 시작되고(첫 문장이 바로 "장엄호텔은 할 머니가 죽은 뒤부터 더 이상 예전 모습이 아니다"다) 두 언니 의 죽음으로 마무리된다. 『영원의 계곡』에서는 사랑하는 남 자와 자신을 키워준 신부가 죽고 화자가 수몰된 계곡을 바 라보는 장면으로 끝나며, 『로즈 멜리 로즈』는 화자 멜리를 동굴에서 주워와 12년간 키워준 양모 로즈가 죽은 후부터 이야기가 시작되고 출산 후 하혈이 멈추지 않아 바다를 바 라보며 죽음을 맞이하는 로즈의 독백으로 끝난다. 늪에 잠 긴 호텔, 댐의 건설로 수몰된 계곡, 그리고 바다 등 그녀들의 삶에는 항상 물이 범람한다. 불난 자리는 남아도 물 난 자리 는 흔적도 남지 않는 법이다. 인적이 끊긴 늪, 벌목꾼이 떠 난 계곡, 사람들이 뭍으로 떠나 점차 황폐해지는 섬처럼 마 리 르도네의 인물들은 비인간 지대에서 머물다가 흔적 없이 세상을 뜬다. 변기를 뚫고 요강을 비우거나, 댄스홀 화장실 에서 몸을 팔아 자신을 키워준 신부에게 화대를 바치는 모욕을 감수하는 화자는 고전 비극의 여주인공처럼 운명을 탓하며 오열하는 법이 없고 묵묵히 삶을 살아낸다. 고통에 둔감하다기보다 차라리 고통이 생의 충동을 유지하는 연료인 것처럼 보이기도 한다. 피학도 삶의 한 양식이다. 그들은 자연적 재앙에 희생되기보다 스스로 내파되어 부서지는 존재다. 작가는 미뉘이 학파의 윗세대에 속하는 베케트에게서 큰 영향을 받았다고 고백한 바 있다. 그러나 베케트의 인물들과 달리 그녀의 작품에는 유머가 없다. 겨울엔 얼어붙고 여름엔 벌레가 들끓으니 계절이 바뀌어도 삶은 털끝만치도 달라지지 않는다. 그녀의 소설은 비교적 짧음에도 불구하고 비슷한 장면, 상황이 반복된다. 이는 그녀가 자신의 글쓰기를 "다시 쓰기"라고 명명했던 이유 중 하나일 것이다. 고전 비극의 파국은 한 번이기에 장엄하지만 마리 르도네 소설의 자질구레한 불행은 지루하게 반복된다. 어머니의 이름이자 작가의 이름이 된 르도네의 첫음절 르(re)는 되풀이, 다시 등을 뜻하는 접두사다. 끈질기게 되풀이되는 작은 불행, 지옥

이 따로 없다.

2021년 8월

이재룡

장엄호텔

초판   1쇄 발행 1998년 9월 20일
개정판 1쇄 인쇄 2021년 8월 30일
개정판 1쇄 발행 2021년 9월 6일

지은이 마리 르도네
옮긴이 이재룡
펴낸이 정중모
펴낸곳 도서출판 열림원

출판등록 1980년 5월 19일 (제406-2000-000204호)
주소 경기도 파주시 회동길 152
전화 031-955-0700
팩스 031-955-0661
홈페이지 www.yolimwon.com
이메일 editor@yolimwon.com
페이스북 /yolimwon
트위터 @yolimwon
인스타그램 @yolimwon

주간 김현정
편집 황우정 최연서
디자인 석윤이
마케팅 김선규
제작 관리 윤준수 이원희 고은정 원보람

ISBN 979-11-7040-046-2 04860
ISBN 979-11-7040-045-5 (세트)